笭菁都市傳說升級版
都市傳說第二部 11

八尺大人

笭菁——著

她猝不及防的挖出了少年的心！
永恆的滿月下，等待約定之人——

都市傳說 第二部 11：八尺大人

（※本故事內容純屬虛構，如有雷同，純屬巧合。）

楔子……005
第一章 八尺大人……009
第二章 錯抓……029
第三章 逃離O鎮……051
第四章 封印……071
第五章 小蛙出逃……085
第六章 嚮導帶路……109

第七章　突發狀況……137
第八章　尋找源頭……161
第九章　祭台的祕密……185
第十章　皮老師……203
第十一章　與八尺同行……223
第十二章　月光森林……249
後記……274

楔子

他只是去買冰而已。

小武去便利商店買到一支冰得跟石頭一樣的冰棒，愉快的騎腳踏車回家，他在偏僻的鄉下小鎮，雖然不如都市的熱鬧，但從小在這裡生長的他們，擁有極佳的自由。

「小武！」後面有人喊著，他停下腳踏車回首，順便再咬一口冰。

也騎車追上來的是班長凱忠，瘦瘦高高的，笑起來帶著點傻氣，但卻是班上成績極好的傢伙。

「幹嘛？」他輕鬆的停下腳踏車。

「欸，你不能一放學就走啊，體育競賽快到了，老師不是叫大家留下來練習？」凱忠扶滑落的眼鏡，「接力賽大家都要練吧？」

「我又跑不快！練也沒用。」小武聳聳肩，「還說我咧，你還不是跑來找我！」

凱忠無奈的看著自己的腳，他就長短腳跑個屁啦！

「反正老師叫我出來找你的，你快點回去啦！」凱忠拉了拉他。

「我才不要，我要去看熱鬧了！」小武甩開了他的手，「隔壁這麼熱鬧，我要去湊一咖！」

隔壁？凱忠聽了愣住，「瘦長人嗎？」

「厚，你也知道厚！我聽說他們找了很有名的都市傳說社耶！」小武那雙眼睛熠熠有光，「A大的！」

「要不知道很難啊……網路鬧得多大！很離奇的說是都市傳說咧！」

「你信嗎？」小武好奇的湊近他，「我應該問問小豆，他爸是警察，應該有過去支援！」

凱忠蹙眉的縮了身子，「崑叔就算知道也不會跟你說，那是案件！不是可以讓我們討論的！」

「嘖，眞無趣！」小武再咬下一大口冰棒，「你說，我們鎭上是不是也有傳說？」

「我們鎭上……」凱忠知道，因爲隔壁鎭發生瘦長人的事，所以爸爸跟他提過，「好像眞的有！」

「有對不對！我就知道！我阿嬤有提過！」小武倒是興致勃勃，「說山裡有個恐怖的女人，會到處抓不聽話的小孩！」

凱忠眼珠子轉了轉，呃……跟他聽的版本好像不太一樣？

「哎唷，別說了，我都覺得那是大人在嚇小孩的吧！」凱忠調轉車頭，「快回學校練跑啦！」

「你很煩，我明天再去，你跟老師說找不到我啦！」小武才不想管，叼著冰棒立刻踩上踏板往前衝，「掰！」

「小武！」凱忠握著龍頭回頭大喊，真的很難勸耶！

他無奈的嘆氣，他才不想騙老師咧，騎回學校就說小武翹掉課後練習就好了，不然能怎麼辦！

就是跑不快才要練習啊，真是個麻煩的傢伙！

一南一北，兩個學生分別往反方向騎去，小武一邊騎一邊哼著歌兒，他聽說K鎮出現了一堆幾十年前的失蹤人口，都已經死了幾十年了！整個很離奇，練跑要花掉多少時間啊！他想趁著有空，直接騎到隔壁鎮去看看！

都市傳說耶，這種神奇的東西……軋——小武猛地緊急煞了車，煞車聲聽起來永遠刺耳。

他在馬路上，附近都是民房，其中一個十字路口前，有一頂帽子隨風吹了過來。

跟著有隻手從右邊伸出，彎腰撿起了那頂帽子，小武瞠目結舌的看著那隻手，那隻腳，怎麼看都覺得……

那是個異常高的女人。

女人被他視線右邊的房子擋住，但他仍可看見那頂被拾起的帽子，正被輕輕的拍掉灰塵。

那個高度，至少超過兩百公分吧!?一般人哪會這麼高!?

小武開始用腳抵著地上，緩緩的往後退，他的後方有條窄巷，直覺告訴他，最好不要往前騎。

一步，兩步，腳踏車鏈傳來喀啦聲，不知道是他太緊張還是眞的這麼大聲，他發現拍帽子的女人動作停住了。

他嚇得握緊龍頭立刻往右拐，與此同時，前方路口那女人一步上前——轉過來了！

「哇！」

第一章 八尺大人

「很正？」

男孩說了半天，小蛙只聽到這個重點似的，超有興趣的趨前；蔡志友沒好氣的以左手肘擊，是沒看到現在氣氛超糟的嗎！人家父母都快哭到肝腸寸斷、男孩臉色蒼白，後面一堆鄉親父老也都眉頭深鎖了，就他關心妹子很正。

康晉翊很平靜的聽著，雖然他其實跟小蛙想的一樣，剛剛男孩用到很正這個詞，實在太匪夷所思了啦！八尺大人到底多正!?

「他嚇傻了，回來一告訴我們這件事，我就知道不對勁，我媽說他一定撞邪了！」母親泣不成聲，「那個女人現在已經盯上我們小武了！」

「所以是八尺大人嗎？」簡子芸小心翼翼的問著，「一個赫赫有名的都市傳說，穿著白衣白裙的高大女人？」

小武的父親眉頭皺得死緊，一邊搖著頭一邊低喃，最後回頭看向坐在一旁的老人家，「爸，要不你說說？」

「是山裡的山靈。」一個年約七十的長者走上前。

又是山靈。

「都市傳說社」眾人交換眼神，這些傳說會與當地的民俗結合，成了一種山靈山神或精怪嗎？

「以前到特定節日聽說都要舉辦祭典的，但近來信仰的人少了，也漸漸沒人信了……會不會是因爲這樣，所以就開始做怪了？」長者繼續說，「我也沒見過那個山靈，但是我們小武卻……」

「所以山靈叫什麼名字？」簡子芸手上本子沒錯過，早就準備抄錄了。

「白紫！」另一個阿嬤答了話，「我的阿嬤說喔，白紫很勾人的，只要她看中的男生，一個都逃不過！」

哇……汪聿芃掰著手指算，阿嬤的阿嬤，這扯上去就是百年的歷史了啊！

「大家等一下吧！」高頭大馬的蔡志友忍不住舉手，「先說啊，如果眞是八尺大人，不是開車快點把那傢伙送走就好了？你們有這個解決方法吧？鎮上有年輕人會上網查的啊！」

「有！當然有！那個一定就是八尺大人！」喊出聲的是另一個少年，「但是跑不掉啊！」

聽著焦急的聲音還帶著哽咽，康晉翊朝後方看去，有個少年在那邊抹淚。

「哎唷，小豆！你是在哭什麼？」

「很可怕啊！你們不知道隔壁鎮發生的事喔！」叫小豆的男孩緊張得呼吸急促，彷彿他才是被八尺大人選上的那個人似的。

小武回首，幾分感動，「我對面鄰居，他都看見了……」邊說，他舉起手，上面有著紗布。

「碎花衣服的女人超俗氣啊！為什麼要找小武？」小豆不明白的問著身旁攬著他的警察。

警察搖搖頭，食指擱在唇上要他噤聲。

「我們試過了讓小武坐在後座中間，直接衝出鎮外，但是……」父親心有餘悸，「八尺大人直接把我們的車弄翻了！」

哇！六個大學生同時瞠目結舌，還有這招啊！

「有點聰明啊！」康晉翊忍不住讚嘆起來，「以前那個沒考慮過這點！」

「說不定是力道不夠，或是沒想這麼多！」簡子芸興奮的振筆疾書。

「車子是整個翻過去嗎？你們怎麼跑的？」小蛙超好奇的。

「把車弄翻這點很強，是舉車子還是撞？」清秀開朗的童胤恒繼續問。

父親看著眼前六個討論熱絡的大學生，覺得這氛圍有點難介入的感覺，他們是A大「都市傳說社」的學生，之前聽說到隔壁鎮上處理疑似都市傳說的事件，得到消息的他們因為營救小武未果，原本打算直接找他們幫忙，結果適巧遇到他們離鎮，所以採取中途攔截。

他們自然很高興這幾個學生願意停下協助，但是怎覺得他們對這件事的熱切程度與他們的氛圍不太一樣。

「撞，她用身體推到車子，我們就撞壁了。」母親緩緩的說著，「大家都受輕傷，她就趴在窗邊要找小武，幸好是其他人過來幫忙，她似乎是看人多，就跑了。」

嗯？童胤恒蹙眉，「八尺大人有這麼俗辣嗎？」

「她的傳說只有一個，沒有太多參考資料。」這個傳說也普遍化的，「但似乎比較喜歡單獨迎接感。」

汪聿芃歪頭看著可憐兮兮的少年，「我以爲她會找年紀再小一點的耶！」

「沒有喔，上次那個是國中生。」簡子芸補充說明。

「又是未成年嗎？」小蛙顯得也點不耐煩，「我以爲八尺大人是瘦長人故事延伸，他們同一個耶！」

「不是！」小武立即搖頭，「這是女的，而且……眞的蠻漂亮的！」

小蛙嘖嘖兩聲，「我超想知道多正的！」

「現在是覺得自己免疫就囂張了嗎？」蔡志友賊笑著，好啦，他也想一睹風采。

開什麼玩笑，居然眞的有八尺大人就算了，還是個正妹！

「抱歉……昨天晚上，她有來找小武嗎？」康晉翊問著，父母立即點頭如搗蒜，「沒成功，所以今天才打算衝啊！」

「是前天的事了！」父親憂心的喊著，「小武說現在一出門，幾乎就可以看見她在外面！」

咦？六個學生紛紛瞪大眼睛，餘音未落就衝了出去——八尺大人！

看熱鬧的鄰居們錯愕不已，看著大學生們突然衝出有點不明所以，他們站到外面紛紛抬頭，好想看一眼八尺大人的尊容！

「沒……沒有啊！」童胤恒疑惑極了，這看過去就天空跟屋子，哪來的八尺大人？

汪聿芃臨機一動，即刻折返入屋，拽了小武就走，「你跟我來！」

「啊啊啊——」母親差點來不及抓住小武，「不行啊！妳做什麼!?」

「我們想看八尺大人啊！」她一臉理所當然。

「荒唐！妳在說什麼！」父親氣急敗壞的甩開汪聿芃的手，「我們要保小武，妳居然還想把他拉出去？」

童胤恒及時奔回，一把將汪聿芃往身後藏，「對不起，對不起……她一衝動

起來就會這樣，沒辦法思考太多。」

「這太誇張了！我們是拜託你們來救小武的！」母親含淚嘶喊，「八尺大人只有小武看得見，其他人見不著的！」

鄰居們開始竊竊私語，這傳說是眞的還是假的啊？只有小武看得見是個什麼概念？誰知道是不是胡言亂語，白紫山靈根本沒人見過，就憑他們在那兒說？

「小武該不會嗑藥吧？」幾個年紀相仿的學生在說著。

「不要亂說啦！」一個瘦小男孩走上前去，小武一看到他就哭了起來。

「班長！我早知道就留在學校裡練跑了！」小武哇啦大哭起來，班長也只能安慰他。

「還八尺大人咧……」有個特別壯的學生在那兒訕笑著，折返的「都市傳說社」社長康晋翊聽在耳裡，只是輕笑，人之常情，總是要等到自家有人出事了才會留心。

「汪聿芃就是這樣的個性，她只是想見八尺大人，我們都一樣。」康晋翊出了聲，「大家都知道我們是都市傳說社的人，自然對都市傳說有一定狂熱，還請見諒。」

母親緊緊抱著慌張的小武，瞪著康晋翊等人。

「反正我們也不一定能幫上什麼忙，你們如果不需要我們幫忙就不必了啊！」小蛙立刻撂話了，「掰！我們走吧！」

小蛙！簡子芸尷尬的看著這場面，小蛙又開始擺架子了！

「不不……等等！」父親趕緊趨前，「她不是故意的，阿娟只是愛子心切，說話急了一些！」

走在前頭的小蛙揚起得意的微笑，蔡志友立刻上前從後腦杓巴下去，「你是在囂張什麼啦！又不一定幫上什麼忙！」

「喂！」小蛙疼得護著頭，「我剛也說了啊，又不一定能幫忙，那就不要啊！」

「好了！」康晉翊出聲喝止，「大家都冷靜一點，意氣用事沒有用——兩邊都一樣！」

連彎都不拐，他也順便指正了母親的態度。

「我們對八尺大人有興趣，會盡量一試，但前提還是要先搞清楚這位白紫姑娘的習性。」簡子芸有禮貌的對著眾人解釋，「另外我們需要可以住的地方，房間不多沒關係，女生一間男生一間即可。」

「呃……就住我們家吧！」小武父親慷慨的說。

學生們有些遲疑，住在人家家裡不太妥，總覺得壓力會很大，但是現在目標是小武，待在一起也比較有機會見到八尺大人。

「那就麻煩了。」康晉翊與簡子芸同時向小武雙親致謝。

汪聿芃倒是不以爲然，「你們鎮上還是有旅館的吧？」

「汪聿芃？」童胤恒拉過她。

「還是要有備案，住在人家家裡不太妥。」她連掩飾都懶，「不怕一萬只怕萬一。」

什麼萬一!?小武恐懼得蹙眉，那個學姐說的萬一是什麼意思!?

他現在怕得要死，他不懂只是看見一個超高大的女生，爲什麼會變成這樣！

康晉翊在蔡志友耳邊附耳數句，他頷了首，突然一把揪過了小蛙，「我去處理住宿！你們先忙！」

「喂，我爲什麼要——蔡志友！」

「我們想單獨跟小武聊聊。」康晉翊接著提出了要求。

在場鄰人們也明白他們的意思，父親開始送客，事實上就算擠再多人也沒有什麼效果，因爲八尺大人要的目標是他兒子！

李家的是三層樓的透天厝，客房便在三樓，媽媽騰出一間倉庫讓他們睡，被子也有多餘的；不過箇子芸禮貌的請她先不必忙，因為看這狀況，他們如果能有旅館睡，還是去旅館就好。

再者，晚上大家應該也沒辦法睡得太安穩。

小武的房間在二樓靠馬路的位子，一進房間就聞到焚香的氣味，房門緊鎖、窗簾拉起，牆角還有一碗發黑的鹽巴。

煞有其事啊……童胤恒仔細觀察著，看來昨夜也是一場硬仗。

汪聿芃望著角落的那碗鹽巴，好奇的蹲了下來。

「你們真的照傳說做啊，一整碗鹽巴嗎？」

「嗯，媽媽倒了一整包……」小武的聲線有點抖，「昨天有人在外面敲窗戶時……鹽巴就整個燒起來……」

「燒起來？」童胤恒有點詫異的看著黑掉的鹽巴。

「不是真的燒……就像水遇融解，但它融的時候是黑色的！」小武說著，突然哭了出來，「我什麼都沒做……我就只是去買冰！」

唉，童胤恒看得於心不忍，趕緊上前安慰著他，「沒事，沒事……都市傳說出現是沒有原因的，跟你做了什麼無關！」

康晉翊始終眉頭難舒，「剛結束瘦長人，現在又是八尺大人，這裡的都市傳

說也太密集了。」

簡子芸幽幽回頭看向仍蹲在鹽巴旁的汪聿芃，「汪聿芃說得沒錯啊，這裡像是孕育地。」

汪聿芃跟著回頭，敷衍的笑著，「其實都市傳說也就是一種鄉野佚事，有時越純樸的地方越多，山靈樹精什麼的，裡面多半都夾雜著這種傳說……不意外。」

「所以這個眞的是八尺大人了吧？」康晉翊嘆息。

汪聿芃起了身，直接往窗邊走去，「我不知道，我們不太清楚其他鎮的事情……我開窗喔！」

「不行！」小武倏地跳起，「不行不行！」

「汪聿芃……你先出去！小武！」童胤恒忙推著小武往外，別待在房間，「我記得是不能對上眼對吧？」

「總之先出去！」簡子芸也跟著起身，帶著小武離開房間。

汪聿芃確定小武出去後，緩緩打開窗戶，太陽很暖，陽光和煦，外頭就是一般的馬路，對面是另一戶人家，一樣的三層樓建築，一個男孩正趴在窗台上，看見汪聿芃時愣了一下。

「嗨！」他還揮手，「不是不能開窗？」

「我開的，不是小武。」汪聿芃看著男孩，「你是剛剛的那個男生？」

「嗯啊！我叫小豆，」男孩點了點頭，「小武沒事吧？」

汪聿芃搖搖頭，看來鄰居很關心小武哪！她抬頭望著蔚藍天空，一點兒都沒有八尺大人的蹤影啊……

重新關上窗，落了鎖，簡子芸才再把小武帶進來。

「你有看到八尺大人嗎？對上眼？」康晉翊開始詢問細節，簡子芸即刻借用書桌，打開筆記本。

「……不算？我沒有跟她四目相交，但是有看見她！」小武搓著雙手，「她穿著像是新娘禮服一樣的白色洋裝，裙子會一直飄的那種，還有一頂白色的帽子……長得很漂亮！」

「有發出什麼聲音嗎？」童胤恒好奇的問，傳說中的八尺大人，會發出機械音的剝剝聲。

小武搖搖頭，「我跟她有好一段距離，我一開始是看到有人撿帽子，然後發現那個女生好高，整個感覺很可怕，我急著要跑……腳踏車剛轉方向，她就走出來了！」

他就瞥那麼幾秒……再多個幾秒，因爲內心也敵不過好奇心驅使，想知道那是眞人還是假人！

「我覺得你有對上她的眼。」康晉翊認眞分析，「你只是說服自己沒有而已。」

「都看得到很正了，應該還多看了幾秒。」童胤恒略有疑惑，「我以爲看到就掰了？」

「好像是先選中，再來接嗎？」簡子芸手機裡正是八尺大人的傳說，「也或許他眞的沒對上眼。」

「像瘦長人只要看到就會被催眠一樣，聽說見到八尺大人就會被其迷惑……原始傳說只見到帽子對吧？小武都見到臉了！」康晉翊也覺得不對勁，「你看到八尺大人後呢？」

「跑啊！」小武嗚咽不止，「我嚇得騎腳踏車就狂奔了，我家就在附近，立刻就衝進家門了！」

汪聿芃轉了轉眼珠子，「也說不定是來不及抓到他……不過，原始傳說裡那個也是親眼見到，從容不迫的！」

「好有儀式感的感覺！」童胤恒忍不住糾結，「眞的要鄭重迎接嗎？」

「我才不要！」小武緊張得大哭，「我不想離開這裡，我不想被抓走，我只是去買冰而已！」

唉，康晉翊只能嘆息，剛歷經瘦長人事件的他們，現在連安慰人都懶了。

因爲安慰都是假的，當都市傳說眞的發生時，再多的安慰都是屁。

「今天逃了一次，八尺大人出面阻止，就表示她應該是要定你了……晚上會再來一次吧！」康晉翊環顧四周，「今晚我們陪你一起吧！」

一旁的童胤恒略顫了身子，怎麼突然覺得頭有點痛，微微的刺痛他撫上後腦杓，雖不到平常的劇痛但也不是很舒服。

汪聿芃立刻往窗外看去，童胤恒只有在「聽」見都市傳說時，才會頭痛的！

八尺大人在外面嗎？

沙……童胤恒聽見了微弱的聲音，類似沙沙聲，但更多像是布的聲音！

對！像是陽光燦爛時，大家把被單曬在竹竿上，隨風飄揚的那種聲音，再夾帶著點磨擦音，就在門外！

汪聿芃遲疑的想開窗，桌邊的箇子芸即刻起身阻止，小武還在啊！

「童子軍？」康晉翊也察覺到不對勁了。

「裙子……我聽見裙子的聲音！」童胤恒咬牙聆聽，「她的裙襬，正摩擦著外牆！」

O鎮比K鎮大了至少兩倍，但熱鬧可不止兩倍，住宅密集，商圈也相當大……有人有商圈，不僅店家多，知名連鎖店更是應有盡有，一點都不輸大城市！

說好要找民宿的蔡志友，原本以爲只能找到跟前幾天住的普通民宿差不多，結果到了車站附近，對，他們還有火車站呢！車站附近的旅館可不少，甚至還有商務旅館。

輕易的找到了旅館，而且也有房間，蔡志友原本猶豫男生是要兩間雙人還是四人房時，小蛙超大方的直接報了兩人房。

「不是啊，今天是他們中途攔轎喊冤，錢應該他們出吧！」小蛙理所當然，「我們爲什麼要免費幫他們？」

「說是這樣說啦，但剛剛沒先提！」蔡志友也不認爲天底下有白吃的午餐，更何況每次遇到都市傳說，哪次不是受傷就是九死一生！

「放心，還沒到晚上呢，等等回去就講！」小蛙嘴上這麼說，但已經先發群組了，「先跟社長說一下，他要不敢提我會去講，大家都太客氣了！我們這是高風險好嗎！」

想到瘦長人那如樹枝般的手，眨眼就能刺穿過一個人的身體、戳進一個人的眼窩，他一點都不覺得這是多輕鬆自在的事。

「我們自己也想看啊！」蔡志友語調裡是興奮與憂慮交雜，「但不是我在說，這邊都市傳說也太密集了。」

「八尺大人，正妹。」小蛙非常認眞的在意這點，「傳說中把她形容得瘋瘋怪怪的，我直接想像成裂嘴女那樣！」

「戴起口罩大家都正妹。」蔡志友中肯的說。

小蛙翻個白眼，再與櫃檯商量租借腳踏車的事，櫃檯一雙男女看著他們，笑得有點尷尬。

「你們是……都市傳說社的嗎？」二十來歲的青年禮貌的問。

嗯？小蛙跟蔡志友登時一愣，不會吧，他們有這麼有名嗎？

「我們聽說有人去隔壁鎭想找你們幫忙……」櫃檯小姐甜甜的問，「你們剛有提到了八尺大人……」

胸前別著「甜恬」名牌的女子用閃閃發光的眸子看著他們，兩個大學生背脊莫名其妙挺了起來。

「嗯，我們就是，所以我們才臨時住房。」小蛙瞬間連聲音都變成熟了。

「哇……眞的是耶！我跟網路上一直在討論瘦長人的事，眞的嗎？」叫John的男子興奮不已，「不停的有過去的屍體出現，但也不停的失蹤人？」

蔡志友點點頭，「是啊，現在只能交給他們自己處理了……」邊說，他越過他們看見了他身後的電視。

新聞正在大肆報導K鎭的事情，他們就是爲了逃過記者的追問，才趁機離開，誰知道在半路又遇到攔截了。

「八尺大人是怎麼回事？你們聽過嗎？」小蛙倒也不放過機會，「你們好像叫……白紫？」

「白紫姑娘！」甜恬即刻點頭，「我曾祖父提過，在山上有個白紫姑娘，她想要找個喜歡的人，所以每年都會下來狩獵。」

呃……這動詞用得眞詭異，蔡志友不禁蹙眉，「狩獵喜歡的人嗎？」

「找新郎的概念吧！其實也不清楚眞正的目的是什麼，但聽說以前每年都會獻祭的！」John倒是很認眞，「以前有正式的祭典儀式，說眞的，祭台都還在呢！」

小蛙跟蔡志友驚訝得互看一眼。

「不會是搞活人獻祭那套吧？」這可麻煩了，又要挖心又要……

「不是吧！」John被他們的問題嚇到了，「這也太可怕了，這犯法的啦！」

甜恬轉向他，「我怎麼沒聽過有祭台？」

「有啊，還是禁區耶！那個老師嚮導不是說過，說我們的森林裡還有以前的祭台，就是很久以前用來獻祭給白紫姑娘的！」

「是喔……」甜恬歪了頭，「我曾祖母已經不在了，她沒跟我提過咧！」

「可以請問嚮導的聯絡資料嗎？」蔡志友立即拿出手機準備紀錄，開玩笑，有嚮導啊！

「好好，等我一下！」John立即趕緊翻找東西，最後從抽屜裡拿出一張名片。擱在櫃臺上的名片非常簡單，私人導遊，老皮，其下留了支電話，連通訊軟體都沒有。

蔡志友直接登記電話，小蛙也照做，甚至拍了張照片發到群組去。

接著甜恬撥打電話給飯店經理，應該是講述了他們的狀況，沒幾分鐘後經理出現，在未入住的前提下，給了他們免費租借腳踏車的優惠！不必爭取不必殺價，蔡志友對這樣的福利好康反而遲疑了。

「我也有孩子。」經理淺笑著，笑容裡帶著無法言喻的複雜情緒。

是了，如果八尺大人是真，如果大家都要遺忘的白紫姑娘再度出現，受到影

響的就是所有的男孩子啊！

他們也不矯情，有優惠收了便走，順道再跟飯店要了地圖。

「這鎮太大了，你要找什麼？」小蛙不耐煩的翻看著地圖，「這上面不會標地藏菩薩好嗎！」

「欸——」蔡志友又驚又喜，「不錯嘛！你居然知道我想找什麼！」

「哼。」小蛙一副這還要問的臉，「拜託一下，八尺大人的傳說就那麼一個，她只在這個鎮是有原因的好嗎！」

傳說中八尺大人只在這個鎮上，是因為有地藏菩薩為結界，因此她離不開這個鎮，而今天小武家意圖帶他闖關，也就是為了要離開鎮上，如此就不會再被八尺大人盯上，但、是……看來在逃出前就被八尺大人攔截了啊！

「你看，南邊有個地藏菩薩廟，還是標出來的咧！」蔡志友拿出筆在上面畫了個圈，「如果東西南北四方的話……」

兩個人窩在地圖前，認真的端詳好一會兒……嗯，很好，看不出來。

「是誰能猜得出範圍啦！」小蛙抱怨著，「這鎮這麼大耶，地圖上都是觀光地點啊！」

唰——地圖冷不防的被抽走，蔡志友嚇得措手不及，小蛙原本打算搶回，卻赫見是旁邊地攤賣絲瓜的老伯。

只見他再抽過蔡志友手上的筆，咻咻咻地在地圖上硬畫了四個圈。

「四個。」老伯把地圖與筆都塞回他手裡。

呃……蔡志友跟小蛙兩個人目瞪口呆的看著地圖上的四個圈，果然恰好分據東西南北。

「阿伯！」蔡志友立即殷勤上前，「阿伯，關於八尺大人吼……」

「我什麼都不知道，不要問我。」阿伯立即擺手拒絕，逕自坐回他攤位裡的小凳子上。

「可是，阿伯，你都知道這地藏菩薩了……」小蛙還想說些什麼，阿伯連正眼都不瞧他們，對著馬路上喊著：

「來喔！好甜的絲瓜喔！自己種的喔！」

第二章

錯抓

這個下午，由小武父親載著大行李先去商務旅館置放，同時也付清了他們的旅館一晚的費用；學生們輪流在小武家休息，剛從K鎮回來的他們精疲力盡，原本應該已經回到學校宿舍好好睡覺了，結果又被拖到這裡來。

小武媽媽煮了一桌子菜給他們吃，大家也食慾不振，吃飽後就全窩在三樓睡覺，期間要求小武絕對不要出門也不要開窗；童胤恒睡得很差，輾轉難眠，因爲頭一直疼著，感覺如細絲般的針穿過腦子，不是劇痛卻永遠隱隱作痛。

「這三個地藏菩薩都是好的，我們看過了，就一尊小石碑，二十公分高而已。」蔡志友打開地圖，與現在還醒著的康晉翊討論，「廟我們想應該就不必去了。」

「都是完好的？」康晉翊狐疑問著，因爲在傳說裡，曾有一尊是破損的，可能這樣才導致八尺大人的再出現。

「都是完好的！」小蛙喝著珍奶，「我發現有的阿公阿嬤都大概知道這件事，但不太喜歡提耶！」

「我去過鎮上的圖書館，結果非鎮民不能看報紙資料。」蔡志友兩手一攤，「這裡管得比K鎮還嚴。」

「那有關於白紫姑娘的訊息嗎？」康晉翊下午已經在網路搜了一輪，根本找

不到。

兩個男孩搖了搖頭，「大家最多就是聽過，其他一問三不知，不過……」蔡志友叫出了電話，「你打那個老皮電話了嗎？」

「還沒，累死了，我也才剛醒。」康晉翊的確睡眼惺忪。

「我打了。」

門口冷不防走來手拿著飲料的汪聿芃，大家都以為她還在睡咧！

「妳打……啊對，我是傳到群組的！」小蛙瞄著她的飲料，「那不是小武媽媽買給我們的耶！」

「我出去晃了一圈。」汪聿芃挨著康晉翊坐下，「我想先熟悉一下附近的道路，然後抽空打了通電話給這個嚮導，不過沒人接，我傳訊息嚕了！」

「妳出去了？妳怎麼晃的？」蔡志友才驚訝咧，不聲不響的耶，這傢伙！

「騎你們的腳踏車啊！」汪聿芃一臉理所當然。

哇，行動真快！康晉翊突然覺得汪聿芃怎麼整個人積極起來了。

「妳態度差好多喔，我記得妳為瘦長人興趣缺缺，怎麼到了八尺大人這麼積極？」康晉翊說的是真的，之前有人親自到學校向他們求救時，以往對都市傳說最熱衷的汪聿芃卻是完全不想碰耶！

「因為我、想、回、去！」汪聿芃沒好氣的翻著白眼，「我很累，你們也很累，而且我們到底還能請幾天假？」

康晉翊略蹙眉，「我覺得如果我們說是處理都市傳說，老師對我們的容忍度會高一點！」

「唉！」汪聿芃重重的嘆口氣，「我只希望速戰速決。」

「外星女，想想妳的集點卡啊！」小蛙總是這樣叫汪聿芃，因為她的思考都太過跳躍，想到大家尚未想到或根本沒意識到的地方去。

就像現在，康晉翊望著她，為什麼她會想出去熟悉狀況？

「妳出去除了買飲料，熟悉路況是為什麼？」

「想逃亡路線。」她直接了當，「只要小武晚上能過這一關，我們要幫忙送他走對吧！這裡他是不能待了！」

這裡……是啊，八尺大人一旦選定誰就是誰，他必須離開這個鎮，永遠不能回來，否則只要踏入，就怕八尺大人立即現身。

「成年之後還能嗎？」蔡志友比較好奇這點，「如果八尺大人都找幼齒的，成年之後呢？」

「應該沒人會冒這個險吧！」康晉翊語重心長，「如果是我，就算成年了我

也不敢回來，說不定因爲逃跑對方還不爽，那我回來豈不是吃不完兜著走。」

「我說……我說這些都市傳說也太奇怪了！爲什麼非得要這樣抓人？那個瘦長人抓小孩走要做什麼？現在這個八尺大人直接找正太？」小蛙覺得莫名其妙。

汪聿芃盯著地板上的地圖，看著四個圈，再拉過來仔細瞧著，小武家果然在這個範圍內。

「其實八尺大人所在的範圍都是偏市區，並沒有包括整個鎮……麻煩的是小武家在鎮中心。」汪聿芃參照著比例尺，「他要衝出去有點麻煩。」

「我問過了，走小路的話沒有紅綠燈是沒問題，但是八尺大人會緊追不捨，今天就是這樣出車禍的。」康晉翊用黑筆劃出一條道路，「按照範圍來說，他們只要過了這條叫元一巷就贏了。」

汪聿芃索性趴在地上端詳著，距離不過兩公里，但恐怕是最漫長的兩公里路啊。

一抹影子突然掠過，汪聿芃倏地撐著身子轉過頭去，看向窗戶的方向；剛剛光線突然被遮擋似的，有什麼東西跑過去了。

面對她這詭異的表情動作，其他人永遠無法習慣。

「不要告訴我她在外面。」蔡志友繃緊神經。

「說不定喔，她好像剛窺探完才離開，有影子！」說著，汪聿芃就跳起來急著想下樓，「我下去看看！」

才出房門，立即被童胤恒攔住。

「別去！她在外面沒錯！」童胤恒白著一張臉走入，「她在找人。」

「你聽見了？她有說什麼嗎？」

「沒說什麼，但她的腳步聲我聽得一清二楚。」童胤恒扶著牆，看來他根本沒睡。

汪聿芃沒說話，轉身就往樓下跑，童胤恒喊了她的名字也無效，拖著步伐進入小武的房間，望見地板上那張地圖時也狐疑幾秒；耳邊再度傳來汪聿芃的腳步聲，奔上來的她直接遞上珍奶。

「我現在吃甜的沒什麼用，因爲她不停止走路，我就是一直疼著。」童胤恒嘴上這樣說，還是接過了飲料。

「喝也痛，不喝也痛，那就喝吧。」汪聿芃幫他插入了吸管，「你這次聽得好清楚。」

「因爲她一直在附近吧！來來回回，對小武很執著。」

執著嗎？康晉翊跟著往窗外看去，一旦入午夜，就又是小武的第二輪惡夢。

「奇怪了，八尺大人到底是什麼？山靈？精怪？還是鬼？」康晉翊回頭看向角落的黑色鹽巴，「能用地藏菩薩限制她的範圍，鹽巴會變黑也表示邪惡，那用佛像咒語不知道有沒有效？」

「而且小武可以在白天看見她，表示她能在白天到處走動，卻又不會在白天帶走他。」童胤恒也早留意到這點，她寧願在外面徘徊也不出手。

「眞是個莫名其妙的東西！」小蛙依舊是滿腔好奇，他一心想知道八尺大人到底有多正？

汪聿芃再次撥打了老皮的電話，照樣是響半天卻沒人接，名片上也沒有留下任何通訊軟體的資訊，完全只能依靠一支手機聯繫。

「不必急，今天先保下小武再說吧。」童胤恒勸說著，「他願意的話自然會回電。」

「眞麻煩！」汪聿芃咕噥著，望著手機出神。

「好，先來準備東西吧！」蔡志友嘿呦的起身，「反正把覺得可以的東西都準備齊全，管她是鬼是山靈，有備無患！」

「我去問問能不能把樓下的佛像請上來！」康晉翊也即刻跟著朝樓下走去，「童子軍，你休息吧，身體不舒服待著。」

唉，童胤恒只有嘆息，他沒有逞強的意思，因爲這種不間斷的細微頭疼，也足夠折磨他了。

一時間二樓只剩下他跟汪聿芃，女孩拿起地圖一字一字的看著，彷彿想把地圖刻進腦海裡似的。

「妳老家在哪？」童胤恒突然湊近，好奇的問著地圖上的位子。

汪聿芃的老家在W鎮，也在附近，武祈山腳下有著許多的小村小鎮，W鎮便是其一。

女孩朝他瞥了眼，意興闌珊，「我離開W鎮很久了。」

「這裡嗎？」童胤恒好奇的指向北方一點。

汪聿芃看著他手指的地方，唰地把地圖一收，起身就離開了房間。

「我討厭我老家。」

晚上十點，小武又陷入了第二夜的恐懼。

爲保安全，康晉翊決定把人分成兩撥，一半陪著小武，另一半在房外，如果有什麼狀況，也不至於所有人都困在一起。

窗戶用紙全部封起，窗簾也拉上，佛像請了上來，還到廟裡請了符咒跟佛珠護身符讓小武戴著，昨晚事態緊急，來不及準備也懂得不多，所以很多都是倉促決定，不過小武也是平安度過了一夜。

今晚準備得更加齊全，簡子芸把整碗新鹽巴擱到牆角，而且還手巧的將鹽巴堆得跟山一樣又高又尖，還備了四碗，房間每個角落都放。

「我一定要待在這裡嗎？」小武哭得眼睛都腫了。

父母心疼的望著他，這是第二夜，又是場折磨，但除了遵照「古法」，他們也不知道能怎麼辦了！

「誰陪小武？」都市傳說的聚在三樓開祕密會議。

「我在外面，我跑得快機動性比較強。」汪聿芃直接表明不想待在房內，但理由正當。

「我陪小武吧，而且我聽得見都市傳說的聲音，說不定靠窗更清楚些。」童胤恒外號童子軍，原本就擅長安撫人。

「那我……」簡子芸打算陪著小武，卻被康晉翊打斷。

「妳待在外面留意，妳比較細心，我跟童子軍陪小武，萬一有什麼狀況男生力氣也大。」康晉翊看向蔡志友跟小蛙，「我說WC二人組，你……」

蔡志友一怔，旋即露出嫌惡的表情。

「誰跟他WC啦，這個組合名字也太難聽了吧！」他還沒發難，小蛙先出聲了，「倒過來也好聽些，到底誰取的？」

大家憋著笑，眼神不約而同瞄向汪聿芃，見她理所當然的一聳肩，「我都可以叫外星女了！」

「那是……」小蛙一時氣結，「我說的是實話啊！」

「我看你們在一樓好了，看能不能瞧見八尺大人的身影！」簡子芸搖搖手機，「拍照啊！」

「放心！」蔡志友磨拳擦掌著，「瘦長人有看到影子，我就心滿意足了；如果能再見到八尺大人，我的集點卡兩張有望！」

就見汪聿芃挑眉自傲，她早就滿了。

商議過後大家紛紛下樓，二樓樓梯口站著憔悴的小武父母，他們再三拜託，康晉翊也直接的告訴他們，大家都只是社團學生，只能盡量，因爲對於都市傳說永遠是個謎，沒有人能拿捏清楚。

小武父母也只能拜託他們盡力了。

「小心點。」關上房門前，簡子芸還是難掩擔心。

「放心，我們都成年人了。」康晉翊勸慰著她，握了握她的手。

站在後方的蔡志友跟小蛙調侃似的交換眼神，社長跟副社到底是怎樣，就光明正大的在一起嘛！

門關上，裡面接著傳來膠帶聲，童胤恒與康晉翊開始拿紙張封住了整扇門，小武一臉難受的坐在床上看著他們，一顆心懸在空中。

房間裡水跟零食都備妥，直到天亮前，他一步都不能離開這間房間。

「我們到樓下去了。」簡子芸邊說，一邊敲了兩聲房門。

這是她建立起的暗語，因爲傳說八尺大人會模仿親人的聲音，現在他們介入後，如果也模仿他們的聲音就太威了；所以如果在門外要加上一定的叩門聲，如果是喊叫的話就會加進密碼。

眾人魚貫下樓，汪聿芃卻朝著三樓望去。

「汪聿芃？」走到一半的簡子芸回首，注意到她沒跟上。

「還是得走。」她正首邁開步伐，「不能這樣躲一輩子。」

「當然，明天就得帶小武離開。」簡子芸肯定的點頭，「與他有相近血緣的人都齊全了。」

是嗎？今天不也是這樣逃？要想的是怎麼避免車禍吧！

子夜前一切都很平靜，小武蜷在床上沉沉睡去，康晉翊也打了盹，倒是童胤恒始終睡不安穩，樓下的父母完全無法休息，他們緊繃著神經等待天亮，蔡志友跟小蛙在對戰打電動，簡子芸仔細的研究最好的路線，而汪聿芃則坐在門口，望著外頭。

童胤恒突然從地板上彈坐而起！

「來了！」

「咦？」康晉翊迷糊的睜眼，「怎麼……」

聽！那沉重的腳步聲，他聽見了！童胤恒按著頭再一秒就往地板上滾去，聽見了嗎？八尺大人甚至穿著有跟鞋耶！

下一秒，窗子被敲響了！

喀啦喀啦，康晉翊睡意全消，警戒的看向窗子，這聽起來像是風吹動窗子的聲音，又像是誰正在敲著窗戶。

「剝剝……剝剝剝……」

傳奇的、那八尺大人專屬的人為雙唇音傳來了！

「呃啊！」這聲音令童胤恒痛苦得抱頭低鳴，「閉嘴！」

「剝剝剝，剝剝。」聲音如此的近，幾乎就在窗戶邊，小武惺忪的睜眼，沒

兩秒也清醒的縮到角落去。

喀噠，敲出的聲音變得明顯多了，與其說是敲窗，不如說像有人用指甲在玻璃上頭輪敲的聲響，噠啦啦，噠啦啦。

「小武！小武！」窗外的喊叫聲令小武一愣，「你還好嗎？」

「小豆？」小武喃喃唸著。

「噓──」康晉翊即刻示意他噤聲，這絕對不會是小豆，對面那個鄰居男孩。這是二樓最少三公尺以上的高度……等等，如果是八尺大人，那也才兩百多公分啊，加上手有這麼長嗎？

他蹲下身，把童胤恒往牆邊拖去，瞧他這麼難受，他實在也束手無策。

「小武！你要不要到我家躲啊？」小豆的聲音又急又懇切，「這樣就沒人知道你在你家裡了啊！」

閉嘴！

小武掩起雙耳，昨晚已經聽過爸爸、媽媽跟爺爺的聲音了，他沒想到會用小豆的聲音騙他！

「為什麼她會知道我身邊的人？」他用嘴型嚷著。

康晉翊依然嚴肅的比著噓，同時也聽見樓下一連串的騷動！

最先出聲的是汪聿芃，她什麼話都沒說，直接奪門而出，嚇得打盹的、打電動的全部跳起時，她人都已經不知道跑哪兒去了。

「大家留意！」簡子芸衝到樓梯下大喊，「我人面魚，好像來了！」

每個人都有各自的代號，以確保是本人說話，聲音傳到二樓，康晉翊正坐到床上按捺住小武，不讓他離開這張床。

汪聿芃是親眼看見那雙白色的鞋子從眼前走過的，不正常的長腿與身高，加上飄逸的長裙，絕對不是平常人。

衝出門的她立刻向左轉去，因爲小武家剛好在三角窗，朝左轉去的巷子裡，那超級「高挑」的女人，就站在小武家側方的圍牆外頭。

即使在夜裡，她依然戴著那寬帽沿的帽子，很誇張的全身白色加蕾絲，這服裝看起來極度像中古歐洲的風格。

她比圍牆高，甚至比牆邊植栽的樹要高出許多，但就只是站在巷子中間，望著二樓的窗戶而已。

似乎感受到身後有人，她微微側首。

「嘿。」汪聿芃禮貌的打了招呼。

八尺大人有一頭又長又黑的頭髮，在路燈下柔順得閃閃發亮，光是側臉就可

以看見立體的五官跟姣好的面容，眼睛相當的大，左邊嘴角還有顆痣，更添性感。

眞的很正！汪聿芃都覺得她簡直是遇過的都市傳說中，最賞心悅目的一位了！

「剎剎，剎剎剎。」她眼尾幾乎是睨向汪聿芃的，嘴唇發出那剎剎的聲響，悠哉悠哉的轉回去。

蔡志友跟著跑出來，站在汪聿芃身後左顧右盼的，「有嗎？在哪裡？」

汪聿芃朝他看了眼，果然一般人看不見，只有「神選之人」看得見嗎？

她打橫手制止蔡志友再上前，並示意安靜，甚至還略爲退後了一步；她只是預留以防萬一的空間，並不是八尺大人有多大。

她稍早眞的想錯了，總以爲抬頭看天空可以見著，但其實她不是巨人，只是個比一般人高出許多的人罷了！兩百四十公分左右，當作一個ＮＢＡ巨星吧！

「剎剎剎。」她用嘴不停的製造那種聲響，蔡志友循著聲往前看去，指向了準確的方向。

小蛙小心翼翼的走來，連一聲都沒敢吭，因爲蔡志友拚命的對他比噓；簡子芸心焦的往他們的方向看，一邊又不放心的朝小武家裡瞧，大家如果都衝出去了，萬一康晉翊跟童子軍有狀況怎麼辦啦？這群人！

八尺大人剝剝剝的不停，但是卻突然轉動頭子，長髮飄飄，臉朝右邊一點靠去。

「喂，小豆！」

咦？小武房內的童胤恒愣住了，連在床上摀著雙耳的小武自己都傻了——他的聲音？

「她在幹嘛？」蔡志友忍不住跑到汪聿芃身邊，「我聽到她在喊小豆？」

「小豆是誰？」小蛙皺著眉問，他沒印象啊。

「小豆是——退！退——」汪聿芃眼尾瞄到迅速迴轉的裙襬，嚇得即刻後退，「跑！」

因為八尺大人冷不丁的一旋身，裙子一轉，二話不說朝他們衝過來了！

就算不是巨人，看到都市傳說朝你衝過來跑不跑啦！

她大概高了他們近一百公分，對蔡志友而言不過是五十公的差距，看起來還是很驚人，汪聿芃身材嬌小，對她而言這簡直是龐然大物！而且……看著八尺大人怒目的衝至，她突然發現……等等，重點不是高！

她好壯碩啊！

「這裡！」蔡志友見她頻頻回頭，一定是看得見都市傳說的她正盯著八尺大人的動態，平時跑最快的人不知道在慢什麼，一把拉住她就往轉角的小武家甩進去。

「怎麼樣？」簡子芸見狀都嚇慘了，連忙把門大開，接過汪聿芃就往裡推。

「不知道！應該是八尺大人朝我們追過來吧！」蔡志友拉著小蛙進門後，立刻把門帶上，「汪聿芃！妳看見什麼……」

磅！話還沒說完，鐵門立刻咚得震顫，嚇得蔡志友退避三舍。

被推進門的汪聿芃跌坐在地，看著踹向鐵門的那隻腳，心都涼了半截，「她不太爽！」

「這種事我不必看見都知道了！」蔡志友抹去額上汗，背部全濕，那是冷汗啊！

外面的混亂鄰里都聽得見，沒人搞得清楚發生了什麼事，但只知道不宜開窗開門，沒事都不要看就對了！

咚，石子彷彿扔上了窗戶，在房間的小豆正緊張的挨在窗邊，下面剛剛的叫聲是那幾個大學生吧？聽起來好驚險喔！

「小豆！喂——」氣音傳來，但真的是小武的聲音，「你聽到沒？」

「聽到了啦！」他焦急的回應，「你怎麼樣了？」

「學長姐幫我引開八尺大人了，要我趁機躲掉，我爬過去好不好？」小武低聲喊著，「你快點！趁她現在去追他們！」

咦？所以剛剛的追逐聲是這樣子嗎？小豆恍然大悟，趕緊把窗戶前的障礙物清掉。

「你等我！我先清出個位子好讓你爬！」

「不可以！不可以——」對面房間裡的童胤恒爬到門邊敲門，「我裂嘴女！她目標是小豆！快去！」

說著，扣著門把起身，童胤恒趕緊撕開封住門的紙張。

康晉翊都愣了，「小豆？」

「她偽裝小武的聲音說要爬過去，你們聽不見嗎？」童胤恒焦急的問著康晉翊，康晉翊看向床邊呆住的小武。

連小武都愣愣的搖了搖頭，「我沒有啊！」

「小武！你們沒事吧？」小武父親的聲音突然在外頭響起，「沒事了！好像目標轉成小豆了！」

喝！該死！手都握在門把上的童胤恒登時縮手，一石二鳥嗎？

他立即看向窗邊那堆起來的鹽巴，鹽巴山們果然如同小武所言，漸漸融解中，而且彷彿有把無形的火在燃燒，泛黑的銷融。

「爸……」小武聽見父親的聲音，立刻哭著下床往門口衝，康晉翊見狀上前攔阻他。

「不要回應！」他推著小武上床，嚴肅的朝他使眼色。

那不是他爸爸，那還是八尺大人！

「不可以開窗！小豆！不可以！」樓下傳來蔡志友的咆哮聲，「那不是小武！」

同時，汪聿芃拼命的敲著對面的門，小蛙高喊著開門啊，電鈴聲也連續被按著。

但是，這些聲音，都進不了小豆的耳裡。

儘管他的父親戰戰兢兢的用對講機問著什麼事，姐姐憂心的從房門出來敲敲他的房門，但小豆只聽見小武焦急害怕的聲音。

「好啦！我至少要有個地方墊腳吧！」小豆好不容易把書桌拖到了窗邊，爬了上去，身後此時傳來了敲門聲。

「喂，小豆！」

幹嘛啦！才想張口，就聽見窗外又扔了小石子，「不要回應，我是要偷偷過去的耶！」

對厚對厚！小豆摀住自個兒的嘴，扳開了窗戶鎖。

門外的姐姐聽著裡面沒動靜，對照樓下的乒荒馬亂，反而更顯緊張，試著小心的轉動門把……沒鎖！

「吳小豆？」姐姐推開門。

同時，窗邊的小豆也拉開了窗戶，吃驚的回首看向姐姐。

「妳幹嘛開門啦！」小豆嚷嚷著，朝姐姐比了聲噓。

「你在幹嘛？」姐姐才莫名其妙，皺著眉看著打開的窗子。

小豆沒說話，轉頭向外看了去，「就小武……他……」

小豆沒再說下去了。

他雖以跪姿在桌上，但卻直接往下倒去，八尺大人穩穩的接住了他。

樓下正還在跟小豆父親解釋的蔡志友說得急切，卻被屋內傳來的尖叫聲打斷，小豆的姐姐衝向窗邊，卻見著了飄在半空中的小豆。

汪聿芃即刻退出門廊下，心頭一緊，來不及了。

「那是什麼……」小蛙瞠目結舌的看著算是……橫躺飄浮著的少年，完全莫

名其妙，「八尺大人在那邊嗎？」

『我等你好久了。』八尺大人抱著小豆，嫣然一笑，邁開步伐就往前奔跑。

風吹起塵土，迷了大家的眼睛，那是八尺大人奔跑時捲起的沙塵，汪聿芃也別過頭去，閃進了小豆家門下。

「小豆！小豆呢！爸——」姐姐在二樓尖吼著，「他浮在半空中飄走了！」

「妳在說什麼？」

「他剛剛摔下樓了！」

大門終於敞開，小豆父親驚惶莫名，「我家小豆……」

蔡志友完全不知道該說什麼，今晚大家爲了小武嚴陣以待，爲什麼帶走的會是小豆？

「待著！童子軍，你們誰都不能出來！」簡子芸踉蹌的走來，剛剛一切她聽在耳裡，猜得出發生什麼事，「要等到早上才可以！」

康晉翊他們僵直著身子，根本無法確認外頭發生什麼事，此時的童胤恒撿起地上的紙張，重新黏回門邊。

「小豆怎麼了？」小武顫抖著問，淚水啪噠的滾落，「小豆怎麼了啊!?」

「他被八尺大人看上了。」

第三章

逃離○鎮

沒人知道怎麼回事，明明目標是小武，卻一轉眼卻成了小豆，男孩就這麼被帶走，成為第一個失蹤人口，整個鎮上的人都感受到了K鎮的慌張與失措，所有未成年的男孩子均成驚弓之鳥。

當地警方站在小豆的房內蒐證，他們實在不知道該蒐集什麼，因為目擊者的姐姐親眼看見小豆像自己下跳般的墜落，爾後「飄」走，鎮上除了都市傳說社的大學生外，沒有人看見所謂的「八尺大人」。

小武是哭著睡著的，他睜眼時是被鬧鐘喚醒，早上七點，外面隔著窗簾都有陽光滲入，已經天亮了。

「應該沒事了。」童胤恒略舒口氣，後半夜不再有都市傳說的聲音，他直接昏死過去。

康晉翊主動撕掉報紙，穩當的打開了門，門邊的平台上倒臥一票人，唯一醒著的是小武的母親，泣不成聲的上前擁抱了兒子。

這真的是很複雜的情緒，昨晚有個男孩不見了，但她慶幸不是自己的孩子。

「沒事！沒事了！」母親緊緊抱著他。

小武說不出話，連問聲小豆都哽在喉頭，只能埋在媽媽肩頭哭泣，簡子芸被聲音驚醒，她緊張的立即翻身警戒，康晉翊趕忙上前安撫，大家過了太多天緊繃

的日子，每個人起床都呈現備戰狀態。

唯有癱在角落的汪聿芃，睡得可沉了，小蛙揉著眼睛醒來時，不客氣的踢了她一腳。

「你幹嘛叫她？」童胤恒忍不住抱怨。

「心疼喔？」小蛙嘖了一聲。

童胤恒一怔，旋即紅了臉，「什麼心心心心疼，她就睡得好好的！」

「什麼時候了？不是應該要快點讓小武走嗎？還睡？」蔡志友睡眠不足的伸了伸懶腰，「我跟你說，我不管，我今晚一定要回飯店睡。」

汪聿芃呆呆的坐起身，一臉魂魄未歸位的樣子。

「來，先吃早餐，我都煮好了！」小武媽媽殷勤的說著，拉著小武下樓。

「媽，爸爸呢？」小武有點驚訝，爸居然不在？

「他……去準備。」母親若有所指。

小武聞言，難受得又皺起眉，「我還要再跑嗎？八尺大人不是已經……」

抓走小豆了嗎？小武喉頭緊窒得說不出來，他很喜歡小豆，他們一起長大的，但是、但是如果八尺大人選了他，是不是就不關他的事了？

「只怕都一樣，你還是備選，又沒規定八尺大人一次只能挑一個。」康晉翊飢腸轆轆，「我是眞的餓了，先吃飯！」

小武呆站在原地，看著大家魚貫下樓，每個人都餓得慌。

「你應該看看隔壁鎭瘦長人，想帶誰就帶誰，你家盆栽他都能隨時變成瘦長人把你帶走，八尺大人禮貌多了。」蔡志友拍拍小武，一副認命點吧的模樣。

「好歹人家女生。」簡子芸跟著附議，「不過小豆好像沒多少緩衝時間，他昨天一下就被帶走了。」

「我覺得啦，說不定前晚八尺大人來找小武時，小豆偷瞄到了。」童胤恒大膽的推測，大家一心一意都在小武家，小豆就在正對面，偷開一條縫，瞄一眼，算得上什麼！

「我同意，因爲他昨天提到衣服超俗氣。」汪聿芃立即附和，「我還聽到他說碎花碎得很俗氣。」

「嗄？」簡子芸有點不明白，「八尺大人不是全身白裙的歐風嗎？」

「傳說裡，每個人看到的不一樣喔！似乎因人而異。」康晉翊挑了挑眉，「有一種說法是——世界上的神只有一個，他的外貌因爲你的信仰而有不同，但只有在你眼裡不同罷了。」

「咦？那外星女妳眼裡看到的是什麼？」小蛙好奇的問，每個人如果都看得

不一樣，那他們之間只有汪聿芃看得見啊！

只見汪聿芃劃上祕密的微笑，隨便一聳肩，祕．密。

此言一出，倒讓小武母親錯愕，「妳看得見？」她邊說臉色一邊刷白，難道連女生也……不對啊，這學生已經成年了！

「她看得見都市傳說，這位他聽得到都市傳說。」康晉翊趕忙解釋。

小武母親倒抽一口氣，這是什麼樣的技能？只聽說幾個大學生對都市傳說很熟，之前甚至預言了人面魚會造成傷害，只是沒人在意，直至一堆人跳海死亡後，大家才變得很尊重他們……但她真的沒想到，世界上不但有都市傳說這種東西，還存在於他們鎮上，而這些大學生不但懂，還聽得見看得見！

她趕緊請大家坐，真的是找對人了，幸好聽了小武同學的話，找「專業」人士來。

小武母親煮了一桌豐盛的早餐，都是稀飯青菜等等，大家也顧不得其他，扒起飯來狼吞虎嚥，昨晚實在是心裡有事懸著，大家都沒什麼吃，再加上一夜折騰，早就餓壞了。

補充完體力後，康晉翊立刻宣布了集合時間，請小武準備，離開這裡。

「我昨天仔細研究路線了。」大家在客廳窩著，拿出蔡志友要來的那張地圖，上面已經被汪聿芃畫出一條黑線，「這條最快也最好走，不經過大路。」

「可是這裡還是有紅綠燈吧？」小蛙指向昨天經過的一個較大路口。

「就這個，我請小武父親去找警察商量控制燈號了，使我們離開時能夠一路暢行。」汪聿芃的指尖順著黑線滑動著，「接著我請他們準備兩台車，一台跟都市傳說的處理方式一樣，讓小武坐在座位中間，被血緣者包圍……另一台車，我們開。」

咦？所有成員莫不驚慌的望向她。

「我們開？」康晉翊這幾個字說得很沉，「誰會開車？」

簡子芸、小蛙、蔡志友跟童胤恒紛紛舉手，大家都學過也拿到駕照，但實際上路經驗不甚豐富。

康晉翊有點尷尬，他沒想到就他跟汪聿芃不會而已，啊不是大家都大四才去學？

「我覺得小武需要護送，那個八尺大人不過兩公尺半，但是她非常壯碩，力氣超大，每一個踏步也很用力對吧！跑起來有風耶！」汪聿芃手掌推向童胤恒。

「對，腳步聲很重，跑步時是咚咚咚的。」這就是他深受所苦的主因。

「看起來身材很好，高挑纖細，但力道跟沉重卻像是巨人。」汪聿芃突然指

向了一條岔路，「如果有幫手的話，我們可以把八尺大人逼到左邊岔路去，這樣等她從這條繞到前面攔住小武時，已經來不及了——」

她紅筆在西方的地藏菩薩那兒畫了個圈，因爲她所謂的岔路是直偏向西，如果八尺大人別無選擇，被逼到那條岔路上，一路往西，再朝東北折返，要到前面會合點攔住小武時，已經過了地藏菩薩的範圍。

「……啊我懂了！簡單來說，只要把她逼進岔路裡，她就等於沒輒了，因爲絕對會超過地藏菩薩！」簡子芸雙眼一亮，「所以只要在這之前，不要發生車禍就好！」

「昨天發生車禍的地方就是在更前方，所以這是有機會的！」蔡志友瞄了汪聿芃一眼，外星女不錯嘛！

「呃……那個，」童胤恒實在很不想打斷這股興奮，「我只想問是要怎麼逼八尺大人？」

咦？眾人錯愕，對啊，說得跟逼車一樣咧，這麼容易？

「我當然想好了！」汪聿芃竟得意起來，起身越過茶几，驀地指向蔡志友，「等等就交給你了！」

「……我？」蔡志友指向自己，「我什麼啦！」

「你開車一定最行，再怎樣臂力這麼強，要握穩方向盤小CASE！」汪聿芃的讚美聽起來一點都不有趣。

「童子軍臂力才強吧！他籃球校隊的耶！」蔡志友連忙看向右邊的童胤恒，說話啊大哥！

「沒用啦！他一聽見都市傳說的聲音就半殘廢了！」汪聿芃說話毫不拐彎抹角，隨便敷衍拍拍童胤恒，「對吧！」

童胤恒無奈的扯著嘴角，半句反駁的話都說不出……對！

「那妳是要——」康晉翊放心不下，才想問汪聿芃的計劃時，門外匆匆走進幾個大人。

「好了嗎？得快點出發了！」小武父親焦急走入，後面跟了幾個相似的叔伯。

汪聿芃當即跳起，趨向小武爸爸要了車鑰匙，同時低語交代些什麼，最後望回慎重的把鑰匙放進蔡志友掌心裡。

「妳認真到我覺得很可怕。」蔡志友由衷的說。

「怕好，怕才會專注。」汪聿芃直接跟喊小弟一樣招手，「走！」

走個頭啦！其他人看著她英姿颯颯的往前走，這背影看起來直叫人發毛好嗎！大家面面相覷，聽著樓梯上的奔跑足音，小武紅著眼睛與媽媽依依不捨，然

後父親跟伯父趕緊拉著他出門。

「……不會吧！」童胤恒突然心頭一凜，「我知道她要幹嘛了！可惡！汪聿芃！」

童胤恒喊著，直接衝上前，康晉翊張大嘴說不出話來，「現在大家流行話都不說清楚的嗎？」

「這要讀心術才能知道吧！」簡子芸也覺得頭疼，「童子軍！」

「快走啊！你們趁著她還沒來！」童胤恒已拉開了玻璃門，一台車子刻意停在廊下，「動作快！」

這一喊，才讓大家積極起來，蔡志友一出門，汪聿芃就指著停在馬路上的另一台車，兩台車長得一模一樣，雖然他們都很懷疑八尺大人怎麼可能搞錯，傳說中她可是會認血緣的咧！

「我坐前座，其他人擠後座，都繫好安全帶！」汪聿芃交代著，返回廊下，「童胤恒？」

「還沒聽到她的聲音。」童胤恒嚴肅的說，催促小武快進去，「照慣例小武坐中間，兩旁都需要人保護！」

「會僞裝嗎？」汪聿芃上前低語，之前不乏曾有都市傳說發現童胤恒聽得見，刻意不出聲的。

童胤恒冷冷一笑，「腳步聲怎麼裝！尤其她腳步超重！」是啊，看起來纖細的八尺大人可能有百斤以上的沉重，又穿著高跟包鞋，要叫她輕手輕腳比登天還難。

兩台車都坐定了，童胤恒也先到後座靠車門的地方坐穩，小武那台由父親開車，汪聿芃趴到車窗旁交代。

「記得我說的嗎？不管聽到什麼聲音都不能慢下來，就是衝。」汪聿芃深吸了一口氣，「一定要衝過地藏菩薩。」

「過了就沒事了嗎？」父親眉頭深鎖。

汪聿芃原本想回些什麼，卻收了聲，「就流傳下來的都市傳說是這樣，但我們誰都沒遇過，誰都不能保證，但這是唯一的線索，因爲八尺大人只在地藏菩薩的範圍內移動。」

父親緊張的閉了口，其他親人手握著佛珠喃喃唸經，如果八尺大人眞的會怕這些就好了，他們可以直接升級成抓鬼特攻隊了！

汪聿芃拍拍車門，要他們即時出發，然後一溜煙衝到她的副駕駛座上，妥妥的繫穩安全帶；康晉翊沒跟他們一車，借了機車與小武其他親人尾隨，視情況支

援。

「妳到底想做什麼？」蔡志友忍不住發問，「我是駕駛，妳得讓我知道！」

「等等你要穩住車子，我叫你轉就轉，叫你煞車就煞，後面的坐穩了……不要鬼吼鬼叫喔。」汪聿芃調整著後照鏡，仔細看著後方，「童胤恒，專心喔！」

「不必專心我也聽得見。」他沉著聲，緊握著拳，「等等我再怎麼痛都不必管我，死不了人。」

小蛙跟簡子芸聞言只覺得害怕，現在到底是什麼情況，好像在作戰似的！

黑色的車子從眼前駛離廊下，右轉而去，蔡志友雙手擱到排檔桿上，準備跟上。

「不，不跟車，」汪聿芃突地阻止他，「我們還沒要走。」

「嗄？不是要護送嗎？」

「誰說要護——」餘音未落，手機居然響了起來。

車內嚇出一片尖叫，連汪聿芃都僵住，趕緊拿手機出來，果眞是有夠巧的嚮導先生！

「我們現在沒空，等等再打給你！」她接起來劈里啪啦。

『你們是那群大學生嗎？都市傳說社的？』嚮導的聲音宏亮，全車都聽見，

『你們現在在哪裡？』

「準備對付八尺大——」汪聿芃雙眼驀地一亮，她看見了遠方疑似的動靜了！

「啊！」正後方的童胤恒立刻感到疼痛，「來了！」

來了！所有人嚴陣以待，蔡志友緊張的看向汪聿芃。

「掰！」汪聿芃立即掛上電話，直接調成靜音，「準備出發，只是準備——」

來了來了！磅磅磅，傳說中那穿著白色洋裝的八尺大人從後方朝著他們車子奔過來了！速度之快，重力之沉，咚咚咚的讓大家都能感受到宛若地震般的震盪。

「剝剝……剝剝……」

咦？連蔡志友都聽見了，他向窗外望去，「聽見了嗎？」

啪咚！下一秒有人竟踩上他們的車子，咚咚咚的自車尾一路到車頂，甚至跳上車前蓋再躍離——所有人抬頭看著被踩凹的車頂，八尺大人剛剛踩著他們的車子過去了？

「現在！直走！」汪聿芃突然大喝，蔡志友嚇得踩下油門，「偏左開，加速啊！你不要懷疑！」

偏左？這條巷子也就一個車半的寬度，蔡志友心有遲疑，汪聿芃急得上前直接轉了方向盤，「汪聿芃！」

「偏左啊你！往牆邊去！」她邊喊著，一邊看著後視鏡，「現在往右一點，右右——對！」

「幹……」小蛙心頭瞬間涼了半截，「外星女，妳在擋八尺大人嗎？」

這跟防止人家要超車一樣，硬擋在人家前面的意思！

靠邊的童胤恒重重嘆了口氣，點了點頭。對，因爲腳步聲還在車子後方，他們眞的是硬擋。

「我……我在擋八尺大人嗎？」蔡志友整個人都傻了，腳上的力道鬆了些。

「踩下去啦！」汪聿芃推了他一把，「清醒一點，你現在在擋一個討人厭、打算超車的傢伙！」

「我不敢討厭她啊！」蔡志友緊張的喊著，就算看不見……不是啊，看不見才可怕吧！天曉得八尺大人現在在哪裡？

汪聿芃回眸從後頭的擋風玻璃看向女人，白色的洋裝隨風飄揚，提裙狂奔，盯著她的方向，汪聿芃就一直讓蔡志友左左右右的擋著，也看著女人不停的煞車，繞開、再煞車——終於，她伏低了身子。

怒容滿面的女人瞪向了車子，伸手使勁就車子後面一推——「大家小心！」

「哇啊！」來不及，他們的車子劇烈震盪，而且向右滑去，蔡志友根本抓不住方向盤，只能嚇得緊急踩煞車！

軋——車頭撞上了路邊賣早餐的桌子，坐在上面的客人蒼白著一張臉及時跳開，呆看著衝進來的車子，所有人都嚇到不敢妄動！

車內的人因爲緊急煞車均往前撞，只能慶幸並沒有嚴重到讓安全氣囊爆開，但每個人都被這突如其來的急煞嚇得不輕！坐在中間的簡子芸整個人都要卡到前座中間了，蒼白著一張臉。

「剎剎剎……剎剎。」那人爲的類機械音清楚的傳來，再自車子的左方掠過……

童胤恒瞬間倒抽一口氣，扶著前座椅子撐起身子，「她跑過去了！」

「看見了！」汪聿芃推著蔡志友，「快點走啊！」

「這是肇事逃逸吧？」蔡志友一臉慌張，後頭卻傳來機車喇叭聲。

「快走，這邊我們來！」有幾個臉生的大人喊著，連康晉翊也在裡面。

外星女都安排好了啊！小蛙突然有點佩服，什麼時候怎麼溝通好的？

蔡志友咬牙退出車子，再立刻追去，車子在巷子裡狂飆，聽著汪聿芃的指揮，油門越踩越下去。

「她跑超快的！有沒有搞錯啊！」汪聿芃緊盯著前方的女人，眼看著都要逼近前面座車了。

「剁剁剁！」前座的車內全都聽見那聲音，小武嚇得緊閉上眼。

「都不要看喔！」左右兩方的親人緊張的吼著，這眞是可怕的感覺，明明聽得見聲音，卻看不到發出聲音的人究竟在哪兒。

親人焦急看向後面，大學生開的車趕上來了，他們究竟有沒有辦法啊!?

「就這個角度，直接往前衝，不要偏！」汪聿芃直指前方，「不管撞到什麼都不要猶豫！」

蔡志友戰戰兢兢的轉頭看著她，說得眞輕鬆！大姐，開車的又不是妳！想是這樣想，他還是握緊方向盤，油門踩到底的朝前開過去——咚！車子明顯的擦到了什麼，直接往左偏，他再緊急的扭回方向盤，力持平穩。

高大的女人後腳跟被撞到，整個人往右方踉蹌而去，回頭怒目瞪視，略撐著身子，眼神執著的往小武那台車看去，看來她有更重要的事！

兩眼發直的看向與前方那台車中間的距離，明明什麼都是空的，但是全車的人都能感受到剛剛撞到了什麼……不僅車子震顫，甚至還轉了方向，這都是撞擊的結果。

「外星女，這樣撞有點危險，不要用車頭行嗎？」小蛙趨前嚷著，「用車身撞行嗎？這樣比較不會轉！」

「你當我在拍特技電影嗎？」蔡志友喊了起來，一個比一個誇張。

「好！現在──」汪聿芃突然往一邊指，「平行撞上去！」

嗚，當初加入這個社團時，的確是想深入瞭解所謂的都市傳說，但是他從沒有想到，會有開車撞都市傳說的一天啊啊，對不起！八尺大人！

「啊！」

砰！車子右側的確撞到了東西，瞬間被反彈向左，童胤恒痛得縮起身子，剛剛有聲尖叫聽起來刺人，好像拿粗針突然朝他腦部中樞刺進去似的。

車子在巷裡往左邊彈去，蔡志友再度踩了煞車，但汪聿芃卻撲上前扳過了方向盤，要他再往前追去。

「她不氣餒，又往前了！」汪聿芃急得很，「我只要她速度慢下來就好，岔口就快到了！」

只要過了那個岔口，把八尺大人逼向左邊那條路，一切就成定局了！

蔡志友再度握緊方向盤，兩隻手都不自覺發抖，還是只能聽著汪聿芃的指

揮，左、右、往前碰撞。

「逼她向左！我們車子往右，一直往右鑽她就會不得不朝左邊靠！」汪聿芃嚷嚷著，一雙眼都盯著斜前方的女人看。

女人很想扣住小武的車，但是被蔡志友他們這台車逼得難以伸展，她惡狠狠的回頭瞪著他們，汪聿芃趕緊趨前，透過擋風玻璃與之直視。

她們，四目相交了。

八尺大人露出幾絲詫異，她因而慢下了步伐。

「往前踩，然後聽我的指令打左！」汪聿芃說著，然後突然對著前方交疊雙臂，劃了一個X！

八尺大人幾乎快停下來了，她皺起眉，「剁！」了一聲。

車子經過了她身邊，八尺大人整個人彎下身體，就在蔡志友的身邊，大手攀住了敞開的車窗。

「剁！」這一聲，不必童胤恒，全車的人都聽得清清楚楚，尤其蔡志友——聲音在他耳邊啊！

「現在！」汪聿芃突地大吼，也上前握方向盤！

咿……車子此時此刻向左撞去，撞上某個人的感覺明顯的再明顯不過了，汪聿芃眼界所及，將白裙女人撞上左側的牆，再狠狠的反彈落地。

「剎剎剎！」這聲音帶著忿怒，但汪聿芃還沒停。

「倒退一個輪胎差，然後往左碾過去！」

「妳現在叫我碾八尺大人嗎？」蔡志友哪敢啊！

「她會跑啦！」汪聿芃急著催促，「快點！」

他們已經進入了左邊岔路口，只要先逼得八尺大人無法判定方向與思考，就能一路把她逼進左岔路裡！

「剎剎剎……剎剎。」制式的聲音傳來，八尺大人勉強站起，閃過了蔡志友的碾壓往前踉蹌，然後汪聿芃要求車子打直，再直接衝向八尺大人。

於是，一場追逐於焉展開。

八尺大人飛快的往前奔，車子則在後面死命的追，一路上都沒有太大的障礙。

「啊啊……她很生氣！她在生氣！」童胤恒掙扎扭動著身子，「她一直在尖叫！」

「再忍一下！地藏菩薩快到了！」汪聿芃攀著椅背回首，憂心的看著直冒冷汗的童胤恒。

兩公里眞的太漫長了！

八尺大人看似受傷的腳沒幾步又恢復正常的奔跑，她途中張望了附近，像是突然發現端倪似的，做出了大喊的姿態——『刹——』

這在童亂恒耳裡，聽到的卻是叫聲：「啊！」

回首瞪向黑車，八尺大人突地站在路上一動也不動，朝著他們伸出雙手。

「煞車煞車！」汪聿芃尖叫起來，「甩尾！」

「妳現在以爲我是藤原拓海嗎？」伴隨著恐懼的吼叫聲，刺耳煞車聲起，蔡志友還眞的來了個甩尾，車子橫向煞住，及時停在了八尺大人面前！

只可惜下一秒，八尺大人憤怒的雙手出掌，使勁推了車子一把！

磅——

「哇啊啊啊！」車子立即左右搖晃，有那麼一瞬間大家以爲車子要被掀翻過去了！

咚咚……足音沉重帶著怒氣遠去，癱在位子上的童亂恒緩緩睜眼，疼痛感正從體內漸漸變輕。

「喔喔……」汪聿芃抓著安全帶，靜待車子的晃盪停止。

一切終於趨於平靜，她緊張的趕緊向右看去，路上已經不見任何八尺大人的身影，她走了？

「能去哪？」汪聿芃立即緊張的下車，路就這麼一條，她能去哪？

「汪聿芃！妳別下車啊！」簡子芸一回神就聽見有人開門，嚇得花容失色。

但汪聿芃哪聽得進去，早解開安全帶衝下車，無視於眾目睽睽，直接往前奔，終於在前面五公尺的地方，發現了另一條朝左的小路徑……她從這邊走了嗎？

「她走了！」後座的窗搖下，童胤恒虛弱的說著，「推了我們的車之後就走了。」

就在八尺大人離開的巷子口邊，地上有座小小的方塊——地藏菩薩。

第四章 封印

「好像成功了。」汪聿芃得意的奔回，甩上車門，「走吧！」

駕駛呆坐在位子上，雙手撫著方向盤，「嗄？」

「走吧！去跟小武他們會合！」汪聿芃扣上安全帶，這才發現自己衣服已全濕，因爲緊張所以汗濕了衣裳。

疲勞感襲來，她才開始感到虛脫，癱在椅子上頭，留意到隔壁的蔡志友沒動作，忍不住戳戳他。

「走了啦！」

「噢……」蔡志友茫然的發動引擎，「我說，撞都市傳說這種事能不能早點說啊？」

「欸，撞都市傳說會不會怎麼樣啊？」後座的小蛙比較擔心這點，「八尺大人會不會對我們記恨？」

「我們女生是沒在怕啦，男生的話，你們都太老了，不符合八尺大人的正太後宮標準吧！」汪聿芃搔搔頭，擠出一個敷衍的笑。

童胤恒累到懶得說話，難得睡了一夜飽覺，剛剛那些尖叫與吼叫，再度令他疼得發狂；坐在中間的簡子芸傳著訊息，她緊張到說不出話，現在比較擔心車子的刮傷還有剛剛車禍後的責任歸屬問題。

繞了一大圈，車子終於離開巷道，來到一處空曠，與小武那台車會合，康晉翊等人也已經到現場。

「謝謝！謝謝你們！」還沒下車，小武父親就感激涕零的衝上來！

康晉翊更快奔來，緊張查看大家的狀況，「剛剛幾次煞車都很嚇人，大家都沒事嗎？」

蔡志友還卡在車子裡，久久無法回神，雙手像黏在方向盤上似的，動彈不得，童胤恒已經先下車呼吸新鮮空氣，汪聿芃也趕緊的到他身邊，隨時都能從口袋裡摸出糖果來給他。

她總認爲吃了糖就會舒服點……童胤恒微笑著接過，事實上對疼痛無效，但的確會開心些；康晉翊自然是扶簡子芸下車，她被這追車之旅弄得頭昏腦漲還直想吐。

「我們剛剛撞到的攤子……」簡子芸果然在擔心賠償的問題，「還有車子也有很多刮傷。」

「放心好了，這個由我來處理。」小武父親上前，真摯懇切，二話不說握住了康晉翊的手，「你們救了小武，我都不知道該怎麼感謝你們了！」

「呃……這個是汪聿芃想的！」康晉翊不可能攬功，忙指向車尾的汪聿芃，

「逃亡路線跟方法都是她想出來的……」

「謝蔡志友吧！他最厲害，是他開車撞八尺大人的！」汪聿芃乾脆俐落的搭話，康晉翊跟著一愣。

「……撞八尺大人？」他突然聲線緊繃。

簡子芸看到他的反應哭笑不得，「你不知道嗎？不然為什麼我們開成那樣？」

「我以為是蔡志友開車技術不好，你們又急著追小武那台車……」康晉翊完全愣住了，幽幽看著還坐在車裡的蔡志友，「你眞的撞八尺大人？」

蔡志友緩緩向右方轉過來，一臉魂不附體的模樣，點了點頭，「看不見，但我聽得見剝剝剝的聲音，也確定有撞到東西。」

哇……康晉翊為之震撼，偏離路線時他有覺得詭異，但以為是用這台車誘使八尺大人搞錯目標，怎麼也不可能想到——汪聿芃居然計畫開車去撞都市傳說！這是可以的嗎？

「好了！先送小武離開吧！」伯父們上前，「還沒完全離開鎮上，先送他去W鎮！」

汪聿芃手驀地一緊，正巧握著童胤恒的手臂。

他眼尾略瞄向她，神情緊繃的她直盯著地板……沒記錯的話，汪聿芃的老家

在W鎮。

那個她很不喜歡提起的地方。

「去跟人家道謝！」親人們拍拍小武，要他親自致謝。

「其實不必……」康晉翊覺得尷尬但也不好勸阻。

小武嚇得不輕，緩步的走來，剛剛一路上他都閉著眼，但餘光有瞄到那白色的裙襬，提裙狂奔的女人，耳邊無時傳來「剎剎剎……剎剎」的聲音，眞的嚇得他魂飛魄散，然後不免又想到小豆……就更害怕了。

「謝謝……學長姐？」小武不知道該怎麼稱呼，既然都是學生，直覺就是這樣叫。

「別客氣，你還是快點離……」康晉翊說著，跟著上前一步。

小武的視線突然越過他，慢慢的往上看，頭越抬越高，眼珠子逐漸上吊，地上不知何時突然竄出一個又細又長的影子。

唰地眨眼間，小武竟直接趨前，甚至直接撞開了呆住的康晉翊，雙眼陶醉般的朝眾人的反方向那兒走去！

「小武？」其父親與親人不明白他在做什麼，爲什麼話說得好好的就往後走，

「去哪裡啊小武？」

不會吧!?汪聿芃倏地回身，看見了曾幾何時早出現在車邊的八尺大人！

身邊的童胤恒整個傻掉，爲什麼他沒有聽見腳步聲？

「小武！」汪聿芃立刻出手，要攔下小武，只是才跨出第一步，八尺大人便毫不客氣的直接推開她！「哇！」

完全來不及閃，汪聿芃被推飛，狠狠撞上童胤恒，兩個人完全煞不住車的往後飛去，眞的是飛，接著還滾落在草地上！

父親終於覺得不對勁了，衝上前想拉回兒子，但此時的小武一雙眼睛陶醉不已，還泛出微笑的走向八尺大人。

一拉一扯，小武在眾人眼前彎腰般的騰空「飛起」，像是有人勾著他腰際似的，疾速的離開！

「小武！」父親急了，跨上康晉翊剛騎的機車立即急起直追。

絕大部分的人都傻住，蔡志友始終呆僵在車上沒下來過，剛被撞開的康晉翊只能眼睜睜看著小武被「拎」走，一旁的簡子芸腦袋一片空白。

小武的親人們措手不及，他們不明白發生了什麼事，不是已經平安了嗎？現在這片地是在地藏菩薩的範圍外啊！

遠遠的滾成一團的汪聿芃與童胤恒根本懶得起來，她趴在他身上，覺得自己

肋骨一定是斷了。

「她力氣好大……我……」難以呼吸的汪聿芃喃喃說著，「你沒聽見她來的聲音嗎？」

「沒有……完全……」童胤恒索性也癱在草地上，「該不會她也發現我聽得見了？」

「剛離開的時候你也沒什麼感覺對吧？」她抬起頭，用下巴抵在他胸膛前。

童胤恒微愣，是啊，八尺大人離開了，但是她離開時他既沒聽見腳步聲，也沒有頭痛欲裂的狀況。

「失靈了嗎？」他皺起眉，這本來是個不錯的預警啊。

「說不定有什麼東西阻礙了，反正你之前也不是每次都聽得見。」汪聿芃再無力的倒下，「就像我也沒留意到她來了。」

童胤恒看著湛藍的天空，小武看樣子是沒救了。

「地藏菩薩沒有效嗎？」他在意的是這一點。

汪聿芃的計畫是遠離地藏菩薩的範圍，都市傳說中，八尺大人是離不開地藏菩薩的封印，東南西北四個角圍起的區塊。

但是她出來了，光明正大的帶走小武，而且瞧瞧小武剛剛那眼神，痴迷得像是遇見了此生最愛似的。

「喂，你們要纏眠的話可以再躺久一點！」小蛙走來，雙手抱胸的搖著頭。

「很痛耶！」汪聿芃根本不想動，「她力氣超大的！我覺得我骨頭一定都斷了。」

小蛙趨前，想扶起汪聿芃，躺在地上的童胤恒也跟著撐起身子，隨便一動汪聿芃就喊疼，胸口被推的那一記，如果在古裝劇裡，她絕對吐血。

「這是怎麼回事？」親戚們回了神，總算開始嚷嚷。

中間隔了兩公尺遠，康晉翊只能悲傷的看著小武的親人們，小武已經被八尺大人帶走了，無力回天。

「不是說地藏菩薩能封住她嗎？她爲什麼能跑到這裡來？」

「你們不是能救小武的嗎？」

喔喔，又來了，現在開始推責任了。簡子芸一點都不想理他們，拉著康晉翊朝童胤恒的方向去，不需要跟這些人多言，多說無益。

「請節哀吧。」汪聿芃一被攙起，第一句話就語出驚人，「他已經是八尺大人的人了。」

「汪聿芃！」童胤恒瞠目結舌，「我們可以婉轉一點解釋。」

「都在大家面前被帶走了還有什麼好解釋！被八尺大人帶走的有回來過嗎？」她皺了眉，「瘦長人高興的話幾十年後還會退貨，八尺大人沒在退的吧？」

康晉翊試圖解釋，但覺得不管說什麼，只會越描越黑，連他都宣告放棄。

蔡志友終於下了車，對於剛剛發生的一切，他都覺得像做夢似的，完全無法反應，不過一看到小武親人那副質問的嘴臉，無名火倒是立刻湧上來。

「我們也只是學生，比較瞭解都市傳說而已，都照著都市傳說來走，你們鎮上的白紫姑娘不是也說是被地藏菩薩鎮住嗎？」一回神的蔡志友戰力十足，「啊都過了地藏菩薩的範圍了，誰曉得會這樣啊！」

簡子芸連忙回首去勸，這時候吵沒有用，「蔡志友！」

「搞不清楚狀況耶！」蔡志友還在碎碎唸著，「你們行自己來啊！」

小蛙與童胤恒一人一邊的架起汪聿芃，她的表情看起來甚是痛苦，看起來不能跟八尺大人正面衝突了。

「先找地方讓汪聿芃休息吧，八尺大人出手真狠。」簡子芸憂心忡忡。

「她只是……隨便推一把而已。」汪聿芃有氣無力回著，「她太強壯了！」

「是嗎？看起來還好耶，身材又瘦，真的看不出來力氣這麼大！」小蛙玩世不恭的勾起微笑，「不過，真的很正！」

所有人登時吃驚的看向小蛙，康晉翊甚至倒抽了一口氣。

「小蛙？」蔡志友嚴肅的蹙眉，不可思議的看著說得稀鬆平常的他。

「幹嘛？」他覺得莫名其妙，「你們這樣看我是怎樣啦？」

「你，看見八尺大人了？」

十個小時內，八尺大人帶走了兩個高中生，然後選中了下一個二十一歲的大學生，這完全推翻了這個都市傳說的既定規則——八尺大人只挑正太的說法。

「我看起來這麼年輕嗎？」小蛙站在一整面的玻璃前，很認真的端詳自己的倒影。

「最好有學生染紫色的頭髮、戴那一排耳環，八加九（8+9）。」蔡志友不太高興的唸著，「不過個性的確很像。」

「喂！」小蛙回首瞪著，「不要以爲我不知道你在罵我中二！」

蔡志友勾起一抹笑，不錯嘛，有自知之明咧！

所有人回到了旅館一樓大廳，雖是商務旅館但有個舒適的空間與桌椅供大家休息，童胤恒先上樓去休息，他被都市傳說的聲音折磨太甚，難得沒有聲音的時

刻，先讓他好好的睡一覺。

其他人本想集中在某人房間中，但樓下有桌椅較方便，每個人也都去買了餐點吃，所以大家便決定暫不上樓。

大家或吃便當或是麵，沒有以爲的慰勞大餐，小武都被帶走了，小武家翻臉不認人得超迅速，父母哭天搶地是自然，接著開始想把錯都推到他們身上了，康晉翊本來不滿他們的態度想據理力爭，是蔡志友先一步阻止他，先閃爲妙，他很怕到最後車禍跟車子刮傷的錢會全部要他們負責。

幸好簡子芸在跟小武家商量時有錄影錄音，萬一他們想翻臉翻得徹底時還有證據……只是完全無法再溝通與接觸，大家回去拿背包時，連對面小豆家也都衝著他們要個答案了。

要什麼答案？他們就只是一個大學生社團，又不是八尺大人的親戚！

「所以其實八尺大人不是只喜歡未成年啊，只要她喜歡就挑嗎？一口氣挑這麼多回去……用嗎？」康晉翊說得尷尬，「需求量居然這麼大！」

簡子芸沒好氣的推了他一把，這時還有心情開玩笑！

「雖然我很喜歡正妹，但八尺大人我眞的不行，而且她後宮跟宮鬥劇一樣，進去出不來的！」小蛙拖著步伐走來，「她該不會是聽見我一直想知道她有多正，只是爲了給我看一眼吧？」

眾人同時看向他，也不客氣的同步給了白眼。

「完全無法理解爲什麼小蛙會中！」康晉翊頭實在很大，「我們應該立刻把他送走吧？」

「不可能。」汪聿芃第一個打斷，「沒有萬全的準備，離不開的，只會讓小蛙提早去陪小武而已。」

小蛙一凜，「我才不要！」

這讓簡子芸下意識往外面看，汪聿芃說得好像八尺大人隨時都會在外面似的。

「不如晚上好好休息，明早送他離開。」汪聿芃頓了幾秒，「還是乾脆我們一起走啊！」

康晉翊略抽了口氣，「就……這樣走嗎？」

「不留下來看看八尺大人到底要什麼？」簡子芸謹愼的言語裡還是難掩興奮。

「如果要妳怎麼辦？」汪聿芃塞入一大口飯，對著簡子芸挑眉，「也搞不好後宮需要婢女，突然連女生也要了？」

這讓大家忍不住打了個寒顫，這種不確定性眞是太可怕了！

「但就這樣走很沒意思啊，八尺大人耶！」連小蛙都忍不住惋惜，「她爲什麼突然出現？爲什麼開始擄人？跟瘦長人有關係嗎？」

瘦長人啊！同一座山腳下的森林，眞不知道他們彼此認識不認識。

「我比較在意地藏菩薩的事。」康晉翊相當困擾，「她如果沒有範圍限制，爲什麼一直待在這裡？她可以到處跑啊！就是因爲一直在這個鎭上，所以搞得大家都以爲地藏菩薩能封住她！」

「該不會是故意創造的弱點吧？」小蛙突然轉起無名指，「我摸戒指這個小動作，是我在最近的五百副牌裡面故意加上去的……」

蔡志友沒好氣的望著他，這時候演什麼電影？「這梗太老了！」

「都市傳說這麼厲害的話，她就離開去肆虐了，全世界正太有多少，任君挑選。」簡子芸不以爲然，「……會不會是，北邊那尊地藏菩薩不具封印效力？」

「被換過了？」蔡志友皺眉，「還是有人車禍撞爛了它，修復後裡面就不純之類的？」

「不純是什麼？」汪聿芃眨了眨眼。

「給你講得很像毒品。」簡子芸嘆口氣，「蔡志友的意思是，原來可能有什麼加持啦、或是開光之類，因爲重做失效了吧！」

汪聿芃撫著胸口，被八尺大人那一推，疼到現在，「我其實不太想理她，我們可以趁著送走小蛙時，一起回學校吧！」

康晉翊蹙眉看向她，「妳好像真的很不想待在這裡。」

汪聿芃回以肯定的點頭，以往對都市傳說最熱衷的汪聿芃，不僅不喜歡八尺大人，連瘦長人也不熱衷，似乎是……跟回到她老家附近有關係嗎？

電動門打開，大家潛意識的瞥了眼，走進一個揹著背包、戴著灰色帽子的矮胖男人，一進門就停下了。

「大學生？」他摘下帽子，隨手往牛仔褲上一拍。

啪啪，透過陽光可以看見漫天煙塵飛揚，嚇得一桌子學生趕緊遮住自己的中餐，他是從哪裡回來的？也太髒了吧！

汪聿芃倒是緩緩站起身，「老皮？」

第五章

小蛙出逃

老皮！所有人都記得這個暱稱，這是嚮導的稱呼啊！

「嘿，大家好！」老皮把帽子擱在就近的桌上，順便打量著擠在桌邊的學生，「奇怪，我聽說是六個啊？」

「有一個在睡覺。」康晉翊連忙解釋，看著老皮放下身上的沉重背包，完全一副登山者的裝備。

他的腰帶上還繫了幾個布包，小心翼翼的取下，簡子芸貼心的趕緊進去大廳裡，倒了杯冰紅茶送出來。

「謝謝！謝謝！」老皮露出讚許的笑容，「好貼心啊！」

「他看見八尺大人了。」汪聿芃不想拖泥帶水，冷不防的揪著小蛙的後衣領，「他，二十一歲。」

啊……老皮果然詫異的看向小蛙，他也是懂都市傳說的人！

老皮在他們隔壁桌坐了下來，半晌沒說話，扭開自個兒背包上的保溫瓶，看來是不喝冰的。

「白紫不會無緣無故下山，一定是有什麼東西讓她離開的。」老皮重重嘆了口氣，「讓她一下山，就沒什麼好事了。」

「您懂八尺大人？」康晉翊緊張的問，現在他們最需要這個。

「這就是老傳說了，在我們這裡很久很久很久了，比隔壁那個瘦竹竿還久！」老皮勉強擠出笑容，「你們叫什麼？八尺大人……八尺啊，身高的確差不多。」

「應該是同一個吧！只是稱呼不同，畢竟您也說那是很久很久以前的事了。」汪聿芃趕緊趨前，「所以怎麼讓八尺大人回去？」

「難。」老皮未曾思索就給了令人心涼的答案，「傳說她每次出來都會帶走很多個……但到底幾個我們也搞不清楚，總之不是兩個少年就能解決的。」

「第三個。」蔡志友指向了小蛙。

「怎麼會呢……不可能啊！」老皮看著小蛙，眉頭深鎖，「這眞的不正常。」

「請問您知道有何辦法讓八尺大人不再出現嗎？」簡子芸只關心這點，「如果無法的話，我們只能先送小蛙出去。」

「沒有，白紫就是個傳說，她不知道什麼時候會出現，但也沒人知道何時會離開……倒是頭一次找鎮外的啊！」老皮指向小蛙，「無論如何他是得走，但是有這麼容易嗎？一上午折了兩個。」

「那是因爲我們跟她不熟，地藏菩薩居然無效！」蔡志友提起這點就有點氣惱，「每個傳說都說地藏菩薩封著她，所以她有範圍限制不得出，我們明明帶著小武離開範圍外，結果——」

老皮沒吭聲，眉頭越皺越緊，顯得異常嚴肅。

「得去祭台那邊看看，看有沒有哪邊出錯……」老皮邊說，瞄了小蛙一眼。

「祭台……這裡還有祭台？」這兩個字，怎麼聽都叫人不舒服，簡子芸打了個寒顫。

「是啊，以前的人還會祭祀白紫的，年代久了，社會進步了，這件事就不重要了。」老皮輕哂，「說不定是因爲這樣，白紫才想出來走走，讓大家恢復記憶。」

小蛙用力一個深呼吸，「所以她是出來刷存在感的？」

「這存在感刷得太用力了吧！」康晉翊禮貌的繼續詢問，「請問有沒有可能看上我們同學只是個錯誤？八尺大人沒有眞心要接他走？」

老皮意味深長的看著康晉翊，再看向小蛙，搖了搖頭，「你想賭嗎？」

「喂！」小蛙先聲奪人，「我才不要咧！我跟你們說，我明天一大早就騎車走！」

「騎車你一定掰。」汪聿芃毫不猶豫的直接潑冷水，「她跑得很快，腳又長，坐車子裡還有一層防護，你騎機車的話後領一拎就走了吧！」

「我現在比較擔心經過今天之後，明天八尺大人也會有新招對付我們！」簡

子芸已經考慮到這點了，「或許在我們出發前，她就能掀翻我們的車。」

是啊，八尺大人又不是傻子，她今天都能避開童胤恒的聽覺，悄無聲息的接近大家，一把帶走小武了。

「沒關係，兵來將擋、水來土掩。」汪聿芃倒是不以爲意，「我還有別招。」

老皮蹙眉，不太懂他們在說什麼。

「如果妳還要再開車撞八尺大人，別找我！」蔡志友已經嚇到了，連忙搖首。

「沒關係，明天我來開車。」汪聿芃信心滿滿的昂起頭。

一屋子突然靜了下來，學生們交換著眼神，之前誰聽說過汪聿芃有駕照的？而看著他們的老皮則是瞠目結舌，撞八尺大人？

「妳有駕照喔？」簡子芸溫柔的問。

「沒有啊，但我會開！」

「我拜託你開車！兄弟！算我求你！」小蛙誇張的立即單膝跪地，「副社一定不夠猛，但叫我開車我會怕，童子軍要是一聽見聲音就廢人了，就剩你可以託付了！」

汪聿芃擰起眉瞪著這種場面，這些人會不會太誇張啊？

簡子芸無力的笑著，恰與老皮四目相交，她放下筆禮貌的起身走向他。

「還沒自我介紹，我們是A大『都市傳說社』的學生，這是社長康晉翊，我是副社長簡子芸。」她突然的介紹讓現場靜了下來，「最壯碩的是蔡志友，被八尺大人看中的是小蛙，那個女生叫汪聿芃。」

「啊……」老皮意會到簡子芸的用意，連忙在口袋裡翻找著，他上衣超多口袋，找了半天才在屁股後的口袋找到一個皮夾，從中抽出一張名片。

「我是兼職嚮導，但同時是五一高中的老師啦！」

咦？簡子芸接過名片，康晉翊趕緊上前，五一高中不就是小武唸的高中嗎！

「你在小武學校當老師？」

「嗯，我們這鎮上只有一所高中。」老皮笑了起來，「是，小武是我們學校的學生。」

「哇……歷史嗎？」康晉翊直覺。

「都有，歷史、地理、自然，但我主要是自然課吧，我喜歡大自然。」老皮指向裝備，「沒看我工具這麼多，我還是植物社的。」

植物社是什麼？大家回憶著學校裡有沒有這個社團，好像沒有耶，都有植物系了，似乎不太需要再多一個社？

「我還以爲你教歷史考古。」汪聿芃托著腮問，畢竟他是目前爲止，唯一一

個知道白紫的。

「我有研究過我們鎮上的起源，做人啊，總是要思源。」老皮起了身，「被帶走的我們沒辦法，但的確可以阻止還沒出事的，我看你們先度過今晚，明天我們一起去祭台看看。」

「今天不行嗎？」康晉翊心急的說。

老皮笑笑，搖了搖頭，「你們個個神色疲憊，不如好好休息，明天才能送同學離開。記住，晚上一定不能開門窗，白紫今晚鐵定到。」

「我們昨晚跟小武一起待過了，知道的。」康晉翊禮貌的回應。

「好！」老皮重新揹起背包，戴上帽子，「那我先走了。」

原本康晉翊很想再問點什麼，但現在狀況不夠明朗，而且老皮說得對，現階段最重要的是要快點讓小蛙平安。

老皮走之後，大家回到圓桌上繼續未竟的午餐，但不知道爲何沉默竟逐漸漫開，適才的嘻笑漸漸消失，其實大家心底都相當沉重，對於即將面對的都市傳說，還是會有所忌憚。

「汪聿芃妳有什麼想法儘管說。」還是簡子芸先打破沉默，「只要能幫上小蛙，我們全力以赴。」

「八尺大人不輕易下山，但下山就不輕易走，以前也帶走很多人……這句剛剛老皮有說對吧？」汪聿芃答非所問，問向簡子芸。

她愣然的點點頭，現在汪聿芃是跳針到哪邊去了。

「哈囉，我不叫妳外星女就是了！」小蛙以爲她在生氣。

「所以一定發生過事情！你回去後幫我們查這個事，回到學校附近，直接找章警官調資料比較快。」汪聿芃轉向小蛙，口中的章警官是與「都市傳說社」相當有淵源的一位警察，轄區便是他們學校。

是創社元老小靜學姐的故人，也熟悉所謂的都市傳說。

「……好。」小蛙對她突如其來的交代措手不及，不過汪聿芃本來就是思考跳躍型的人，大家多少也習慣。

「我看蔡志友陪你回去吧，有個伴。」她勾起俏皮的笑容，「WC不能拆散的啊！」

「誰跟他WC！」蔡志友毫不憐香惜玉的使勁推了汪聿芃，她整個人往康晉翊身上跌。

哎唷！汪聿芃撫著胸口，還痛耶！

「喂喂輕點！」康晉翊趕緊扶住她，汪聿芃差點就摔上地了，「好歹女孩

子……」

「沒當她是女的。」蔡志友哼了聲，「好，我陪小蛙回去！」

康晉翊努力的憋住笑，看嘛看嘛，嘴巴說不要，身體還是很誠實的嘛！

「我受傷耶！」她嘟嚷著。

「外星女跟都市傳說對幹誰會贏啊？」小蛙冷不防迸出一句。

「我不想幫你想辦法了。」

「汪大姐！」

八尺大人一整晚都沒歇過，不僅是敲窗，連門都叩了，而且她偽裝的不只是一個人的聲音，康晉翊、簡子芸、蔡志友，連童胤恒頭疼時的語調都模仿得唯妙唯肖。

他差點失守的一次是半夜四點，康晉翊緊張的敲門，說八尺大人現在似乎沒在外面，想要先讓他移動到前頭幾間商量好的人家，這樣距離鎮外更近，也更方便隔天離開。

這點都還不足以讓他動搖，最可怕的是同時一拳重重擊上門，是蔡志友慣有的語氣說：「不要拖，誰知道那女人什麼時候回來！」

不只是聲音語調，還有說話方式，最可怕的是高度——蔡志友比康晉翊高出一個頭以上，所以聲音的來源也切實的高了一個頭。

八尺大人不當配音員未免也太可惜了吧！模彷秀第一名啊！

但是，拜託，再混他還是「都市傳說社」的一員，耳塞塞起來，翻個身繼續睡。

最後他是在呼喊聲中醒來的，而且還是那種氣急敗壞的聲音，因爲他睡太死了，還睡過頭，大家不敢直接叫他，又怕他誤會，只能在外面高談闊論，希望能喚醒他——用大聲公。

「你們眞的很扯！」小蛙鑽進車子裡時還在抱怨，「這樣都把鄰居都吵起來了。」

「動作快點！」汪聿芃趴在車窗邊說著，「誰讓你坐了，躺下去。」

咦？小蛙一怔，「躺？那其他人坐哪裡？」

「不是叫你躺椅子上，請自己塞到下頭去。」蔡志友不客氣的指了指腳踩的地方。

小蛙看著他，再轉頭看向窗外的汪聿芃，「不是這樣吧！」

「萬無一失，塞進縫裡，八尺大人要撈你也沒這麼容易！」康晉翊敲敲車門，「動作快！」

催催催！大家是在催什麼啦，要塞在下面的是他耶！小蛙萬分委屈的嘟囔著，但還是乖乖的把連帽外套拉起，戴上眼罩，蔡志友再塞一尊臨時請的佛像給他，然後他在駕駛座上深呼吸，做好再度奮戰的心理準備。

「別緊張，都做了萬全準備了！」神采飛揚的童胤恒安慰著他，輕鬆的坐進副駕駛座。

「你睡很好厚？」蔡志友看見那精神奕奕的樣子，沒來由的火大。

「托大家的福，我睡了一個飽覺，連昨晚八尺大人來找小蛙全沒聽見。」童胤恒趕緊拍拍他，「但我電力充飽了，接下來許多事我就能扛了啊！」

「但你聽不見就沒用啊！」汪聿芃是最不高興的人，「我想要更早知道八尺大人來了沒！」

童胤恒萬般無奈，「她不讓我聽見我也沒辦法！」

「你自己說腳步聲沒問題的，拜託你認眞一點聽，我可以買一打止痛藥給你吃！」汪聿芃誠懇的趴在駕駛座旁說著。

「我可以不要嗎？」童胤恒翻了個白眼，繫妥安全帶。

後座坐進簡子芸跟康晉翊，他們有點尷尬的不知道該不該把雙腳踩在小蛙身上，稍稍一碰小蛙還故意在那邊哇啦哇啦叫。

「閉嘴！」簡子芸都快緊張死了，他還想讓八尺大人注意到他嗎？

「靜下心，八尺大人這麼大的動靜不可能聽不到的。」汪聿芃鬆了口氣，「一切準備好了，絕對不能讓小蛙被帶走。」

被帶走的都沒有回來，誰都不能讓八尺大人得逞。

昨晚大家忙了一夜，尤其汪聿芃，有些鄰里會出手幫忙，有些則冷眼旁觀，畢竟在他們的幫助下，還是失蹤了兩個少年，許多有孩子的父母更是人人自危，覺得這幾個大學生沒什麼用。

但她才不在乎，現在被看上的是他們的朋友，一定得盡全力的保下他。

汪聿芃沒上車，而是跨上跟旅館櫃檯借的機車，蓄勢待發。

路線已經擬好，準備也已妥當，旅館所在地比小武家更好，距離沒用的地藏菩薩更近些，也就是離O鎮的邊緣更近；他們的座車是飯店經理借他們的，打算一路開到八尺大人放棄追逐爲止，重新回到瘦長人的鎮上也無妨。

「喂！」童胤恒從副駕駛座探頭而出，「妳小心一點啊！」

在車子右前方的汪聿芃戴妥安全帽，豎起一個大姆指，然後撥通了車內童胤

恒的手機。

『聽到我說話了嗎？』

「聽到。」童胤恒把手機擱上車內手機架上。

『拜託看準我的手勢、或聽我說話，不要撞上我喔！』她還有心思開玩笑，後座的人都已經緊張到出汗了。

『出發！』汪聿芃的聲音透過手機傳來，也能聽到緊繃。

塞在腳踏墊縫中的小蛙突然緊張起來，他緊緊蜷縮著，他已經親身經歷過都市傳說了，在那無窮無盡的大樓裡；他喜歡都市傳說，但一點兒都不喜歡遭遇他們。

被八尺大人看上是種榮幸，但更多的是不幸。

汪聿芃騎得很快，不時的瞄著後照鏡，這裡巷道很多，不知道八尺大人會從哪裡衝出來……爲什麼是小蛙？這眞的太莫名其妙了！說眞的，如果小蛙也會被選中的話，那整個鎭的男人都有危險了吧！

「好像……很平靜？」康晉翊心中不安，「不太可能啊！」

「會不會是昨晚熬夜累了嗎？」簡子芸也不安的問著。

「……妳被外星女感染了嗎？」腳下的人悶悶的開口，副社是在說什麼啦！

「你覺得……唔！」童胤恒回頭才想說什麼，刺痛瞬間襲來！「來了！」

他還是感受到了，不是劇痛，但就是有異物感的疼！

來了！汪聿芃立刻慢下來，讓蔡志友從右邊超車，然後她一回首，就看見高頭大馬的女人逼近了！

「靠右加速！」她喊著，催了油門也朝前去，只是她刻意騎在左方，看著沉重快速的步伐從她身邊奔過。

白帽下的眼睛，突然向左瞪了她一眼。

「剎剎剎……剎剎。」機械般的聲音重現，帶著的是不爽，聽起來格外分明。

「他已經成年了！」汪聿芃大喊著，催緊油門再往前飆，刻意向右逼向八尺大人。

坐在車裡指揮是個方法，但方向盤畢竟不在自己手上，她昨天想到騎機車就可以光明正大的欺近八尺大人，逼得她無路可走！非被選上之人根本看不見八尺大人，所以八尺大人勢必從未想過會有這麼一天。

她可以閃躲車子、閃躲建築物的追著某個人，但現在她要怎麼閃躲這個看得見她、又刻意逼向她的人！

「剎！」這個字大概意同於怒吼，因爲八尺大人出手了！

她朝汪聿芃就是一推，但昨天被推過的她非常有學習能力的趕緊急煞，硬是讓八尺大人撲了個空，她還因爲作用力而往左邊踉蹌了幾步！

汪聿芃不太敢直接撞上八尺大人，因爲她太過勇健，也不是普通人類，所以汪聿芃只是重新催下油門，繞過八尺大人的身邊，朝著蔡志友的車子前去。

「快到路口了，留意，一定要加速衝過去！」她低語著，後頭砰砰砰的腳步聲聽起來有點氣急敗壞。

追！就追上來吧！汪聿芃從後照鏡看著追向小蛙的八尺大人，她再度撩起裙子，放肆的狂奔，而汪聿芃卻早在右側停下車等待著，身邊的電線桿上早綁有繩子，她拾起了長繩的尾端。

「我們要左轉了！」童胤恒咬牙大喝著，「她聽起來很生氣！」

不停的剎剎聲在他腦中放大，昨天追小武時，還沒有這麼明顯的聲音。

一路不斷的喇叭聲讓附近的人有所忌憚，亦不敢開得太快，接著蔡志友的車突然來個漂亮的急左轉，八尺大人果然昂了頭，也下意識的朝左前方看去。

現在！汪聿芃突然握緊繩子，往右前方衝去，以期能將繩子拉緊拉高！

「剎——剎剎……」白衣女人根本來不及，眼前突然出現一條繩子，那高度是她就算想跳過都不可能的高度，「剎剎！」

哇！童胤恒雙手抱住頭，這聽起來超火大的啊！

完美的，那雙長腿還是絆到了繩子，朝著汪聿芃方向摔了過來！路邊所有的人只看得見突然在半空中拉起的繩子，所以喇叭聲四起，有人氣急敗壞的罵著，但都沒有看見那騰空飛起、又踉蹌滾地的八尺大人。

汪聿芃鬆開手，早就在八尺大人滾過來時調頭繞開，追著蔡志友他們的車去了。

八尺大人被絆倒了！

『成功了成功了！我絆倒她了！』這聲音簡直是喜出望外，『你們到哪裡了？』

聽到這聲音，簡子芸只是嚇出一身冷汗，「我們已經過了地藏菩薩的界線，現在抄近路要離開O鎮了！」

標示牌就在前方不遠處，一旦離開那個告示牌，就是進入W鎮的方向了！

「……唔啊！」駕駛座上的童胤恒用力咬牙，「還沒完……她……她在另一邊！」

咦？另一邊？康晉翊即刻看手上的地圖，是從東方那邊繞過來嗎？

「再快一點！我們應該會比她快才對！」康晉翊焦急的催促蔡志友，「油門

踩到底啊！」

「這邊三寶這麼多我哪敢踩到底啊，等等有小孩子衝出來就完了！」蔡志友知道鄉鎮的習性，再快也不敢沒節制啊！

汪聿芃並沒有追著蔡志友的車跑，她也是騎向了可能有機會被八尺大人圍堵的方向，但她身後沒有八尺大人的身影，她一定是走別條路了——畢竟是地頭蛇啊！

不過，她每條路都算過了！

蔡志友的車子衝出主要道路時，東方橫向垂直的路上就能看見狂奔而來、一臉怒氣猙獰的八尺大人，但在八尺大人與蔡志友座車之間，還有另一條小巷，殺出的是騎著機車的汪聿芃。

「剎剎剎剎剎剎剎剎剎。」這聲音又急又大聲，簡子芸在車內尖叫著快點快點！

遠遠的，他們都看見「W鎮」的牌子了！

汪聿芃從八尺大人的身邊鑽過，刻意S型的繞著，終於騎到她面前時，慌張的從前方置物箱拿出自動傘。

啪噠——傘花一開，手一鬆，整把傘即刻向後往八尺大人的臉上飛去！

「剝剝剝剝剝！」激動的聲音傳來，下一秒啪沙兩下，八尺大人氣忿的把傘給撕爛了！

汪聿芃差點煞不住車，打橫著機車亙在只有一輛車寬的路上，八尺大人要通過，就必須推開她……八尺大人絕對做得到，不過她只是要拖延時間！

「他是我朋友！他已經成年了！」汪聿芃尖叫著，螳臂擋車般的伸出一隻手，試圖擋下八尺大人。

白衣女人怒不可遏的抓著破碎的傘大步衝來，咬牙切齒的來到汪聿芃面前，揚起手就要推開她時，又倏地抬起手看著遠方的褐色座車，已經穩穩的衝過兩鎮的分界線。

汪聿芃都已經預備要躲，但八尺大人的手沒有落下。

她睨著汪聿芃，的的確確是瞪著她，滿臉怒容不在話下，不得不說小蛙講得極對，這是一個連生氣都很迷人的女人。

「剝剝剝。」她握緊碩大的拳頭，緩緩回過了身。

走了幾步後，再回眸瞪了汪聿芃一眼。

旋即邁開步伐，大步跨越著奔跑，沒幾秒便離開了汪聿芃的視線。

『汪聿芃汪聿芃聽到了嗎？』耳機裡傳來康晉翊的聲音，『童子軍說聲音遠離了！妳還好嗎？』

……汪聿芃突然一陣腳軟，握著龍頭蹲下身，這才重重的吁了口氣。

「應該……沒事了，我這就過去。」她扶著車子吃力的爬起，腳軟到站不直，觸目所及已經沒有那位高大的八尺大人了，「你們繼續開沒關係，看到第一個加油站，我們在那邊會合。」

重新跨上機車，她的手禁不住發抖，只有兩百四十公分高的人接近時，壓迫感還是十足啊。

『……妳還好嗎？聲音聽起來不對。』不再受聲音所擾的童胤恒接話，他聽起來也沒多好。

「沒事……沒事。」她力持鎮靜的深呼吸，「至少我們知道了……八尺大人的範圍在哪裡。」

才不是什麼地藏菩薩，而是這個鎮，O鎮。

蔡志友順著路開，沒有兩分鐘果然就看見一間加油站，這條路兩旁都是荒野與樹，加油站略顯突兀，不過似乎再開下去就能進鎮了。

汪聿芃稍後趕到，大家看見她就是一陣歡呼擁抱，但她整個人依舊不停的發抖，連伸手拿瓶可樂都在打顫。

「她在生氣對吧？」童胤恒非常瞭解，「她的聲音聽起來是在怒吼。」

聞言，汪聿芃只是抖得更嚴重的點點頭，「拜託不要再有人看見她了，不然我很難再想新招，她一定都知道了。」

「喂，八尺大人眞的跌倒嗎？跌得很慘嗎？」蔡志友很想知道。

唉，汪聿芃超不想回憶這件事的，八尺大人應該最惱這點吧！

「我覺得你們該走了，別忘了小武也是在大家鬆懈時，八尺大人就突然出現了。」康晉翊不安的催促，雖然他們現在窩在便利商店裡，但是天曉得八尺大人會不會就埋伏在外？

「附議，快走吧！」童胤恒拍拍小蛙，「你最好記著這個鎮，你這輩子都不能再到O鎮了！」

「咦？」小蛙愣了一下，才突然想到傳說裡的，「她會記得我，未來只要我一踏進O鎮，就會被她帶走嗎？如果我是老爺爺的話呢？」

「到那時你想賭再來賭吧！」簡子芸沒好氣的唸著，「好啦！該走了！」

他們開車送小蛙他們直接去坐車，回學校後，他們兩個還有很多事情要做，

得成為他們強力的外援。

「可以的話我也想走……不如我們就走了吧？」汪聿芃突然提議，「去拿個行李就閃人了？」

「汪聿芃！這是瞭解八尺大人的好機會，而且我們就這樣走……萬一還有人出事怎麼辦？」康晉翊狐疑的打量著她，「妳眞的很怪！」

「不想理。」她悶悶的說著。

「還是妳想回去看一看？」小蛙稀鬆平常的唸著，「妳老家不是在W鎭嗎？」

W鎭，正是他們現在待著的地方。

這的確汪聿芃老家所在，這……應該就是她不喜歡久留的主因。

「我家早就搬離這裡了，沒什麼記憶……不需要回去。」她淡淡的說著，隨手從架上拿了口香糖。

大家都看出她的表情丕變，交換著眼神表示不要再提。

簡子芸覺得他們也都很自私，其實大可以讓汪聿芃陪小蛙回學校……但是看得見八尺大人的她太重要，沒有她，他們會像盲人一樣，不知道怎麼應對八尺大人。

「汪聿芃，妳是不是有東西要給我們？」蔡志友趕緊岔開話題。

「喔，有！」她即刻卸下身上的背包，交給蔡志友，「拿好了喔！回到學校再開！」

蔡志友狐疑的皺眉，「什麼東西這麼神祕？」

「反正離開這裡再開就是了！」她難得嚴肅，小蛙也不好再說什麼。

結完帳大家拎著大包小包的準備離開，童胤恒專心的聆聽是否有動靜，蔡志友去把車子開到店門口，好讓小蛙能先鑽入，避免任何曝露在外的機會。

而汪聿芃的可樂剛剛秒喝完，就想再買一瓶。

「汪？」中間層架中走出一個六十餘歲的男子，「妳是汪家的女兒嗎？」

打開冰櫃門的汪聿芃頓住了動作。

童胤恒遠遠的在門口留意到異狀，即刻走了過來。

「是吧！汪家的女孩，長得很像啊！」男人走向汪聿芃，她倏地抽了可樂瓶，轉身背對著男人就要往櫃檯去。

「妳等等！」男人急忙上前想拉住汪聿芃，童胤恒更快的從中擋住，一副你想幹嘛的臉！

「你找我朋友什麼事？」童胤恒不客氣的問著。

「她是汪家的女孩啊，W鎮汪家就兩戶！她一定是！」男子嚷嚷著，「妳要快點回去吧，妳爸爸跟妳的姐妹……」

汪聿芃抓了結完帳的東西就往外衝，一點都不想聽，男子急著想要追上前，不但立即被童胤恒擋下，連康晉翊也都走了過來。

「他在騷擾汪聿芃嗎？」他一臉怒容。

「什麼騷擾……我是不知道她什麼名字，但是她不能躲，她有該做的事情！」男子說著還生起氣來，「她家人都回來了，她有責任要盡啊！」

康晉翊狐疑的瞥了童胤恒一眼，但童胤恒暗示不要多問不要理，連門邊的簡子芸都察覺到詭異的氣氛。

大家選擇迅速往外走去，小蛙一樣暫時塞在下面。

「等我們走了你再出來，不然我就報警說你意圖騷擾我同學！」童胤恒語帶警告的說著，毫不客氣的指向男人，倒退著走出店外。

男人又氣又急的從透明玻璃望著他們，童胤恒離開店外時先到機車邊，看著汪聿芃發顫的手竟連插鑰匙都成問題，趕緊握住她的雙手。

「我在。」他用力握著，「我騎車，妳坐在後面去。」

汪聿芃緊抿著唇不發一語，面無表情的下了車，讓童胤恒主動先上車，她才再跨坐上去。

回首環顧四周，她沒有忘記現在的處境，機車先行，仔細觀察了附近沒有任何八尺大人的身影後，才通知蔡志友他們驅車離開。

「不要怕，我在。」童胤恒堅定的望著前方。

汪聿芃依舊沒吭聲，只是張開雙手，往前環繞的抱住了童胤恒，靜靜的趴在他的背上。

男子踉蹌的從便利商店衝了出去，看著遠去的機車還在咆哮：

「汪家的，你們有責任！妳逃不了的！」

第六章
嚮導帶路

送走小蛙後，大家無不精神抖擻，有一種暫時贏過都市傳說的感覺，至少成功救了小蛙；接著馬不停蹄的與老皮聯繫，回到O鎮時有點膽戰心驚，但所幸八尺大人並未現身。

汪聿芃跟童胤恒騎車去收拾路上的繩子，終於有人忍不住好奇的問發生什麼事，也有人問說你們朋友還好嗎？他們也如實回答，至少這次幫小蛙逃過一劫。

但接著就會有人問：那小武跟小豆呢？

汪聿芃不想回應，童胤恒永遠是童子軍性格的溫和對待每個人，他說沒有人願意發生不幸，能夠拯救朋友，也是從小武失敗的教訓中學到的。

但是，O鎮的人要注意的是，八尺大人是切實存在的，家中有男孩的都要小心了！

「你們不覺得是危言聳聽嗎？」

在樹林裡，魁梧的男孩不客氣的折斷樹枝，語帶不屑，折斷的樹枝一點兒也不細，男孩粗暴的再折斷，彷彿在展現自己的力氣。

「但是小武是真的不見了啊！失蹤了。」瘦小戴眼鏡的男孩靠在樹幹上，一臉惴惴不安，「我們一定要來這裡嗎？傳說中，八尺大人不就從林子裡出來的？」

「拜託，她都會到街上了，你躲在哪裡不是都一樣嗎！」另一個也很矮小的男孩應著，「說眞的，你們信有八尺大人嗎？」

凱忠點了點頭，「我不覺得小武會騙人。」

「最好不會！他不是每次晚上田徑練習都開溜！」魁梧的男孩拿著斷枝在樹林裡邊揮打邊走，「藉口一籮筐。」

「不想練習的藉口跟說謊是不一樣的，而且小豆的姐姐不是也親眼看到小豆浮在半空中後飄走！」凱忠還是緊張的搖搖頭，「我問了我阿嬤，她說眞的有白紫姑娘的傳說！」

矮小滿臉雀斑的男孩瞥了凱忠一眼，「我爸也說有，說那是很久很久以前的事了……喂，金剛！你阿奏不是還在嗎？說不定更瞭耶！」

「以前那種封閉時代，哪能信？不然你把媽祖叫出來給我看看啊？」金剛回頭，依然是一臉的不屑，「要我說，一定是謀殺，然後小武小豆的父母親聯合起來，編造了這個傳說！」

凱忠無言的望著高年級學長，「你影集看太多了……我爸說完全沒有證據啊！」

「那群大學生又要怎麼說？我來的時候，聽說他們在馬路中間拉了一條麻繩，差點造成車禍咧！」辛銘往上走，斜坡上盡是落葉，每踏一步便使落葉紛落，「我突然覺得還是謹慎一點好。」

「謹愼個屁！這是我們現在應該關心的嗎？」金剛怒氣沖沖的回首，「我跟你說，現在——」

金剛明顯得愣了住，瞪大圓眼看向下方遠處，迎向他的兩個小夥伴一臉錯愕，耳邊聽見了車聲，跟著回頭。

老皮停下了車，車內的四個人即刻下車，連關車門的聲音都能溢顯興奮之情，這群學生眞的很奇怪。

老皮載他們到樹林間，也便是武祈山下的一區，這片山連綿甚遠，一路上多少市鎭不計可數，剛經過瘦長人事件的他們對於森林相當敬畏，因爲八尺大人極有可能就是從這兒跑出來的。

只是剛下車，就看見前方些許煙塵伴隨著落葉沙沙，有人從上頭小跑步而下。

「慢點！慢——」老皮緊張的上前，「坡度會滑，跑慢一點！我說不是有階梯嗎？」

童胤恒看著老皮緊張的背影輕笑，不愧是老師，總是事事關心他人。

跑下來的男孩們在距離他們有三公尺遠的高處就停下，滿臉震驚的看著他們。

「這麼嚇？我們才要覺得驚訝吧！」康晉翊忍不住笑了出來，「八尺大人事情還沒了，居然有未成年的敢在外面晃！」

「那個……小武的同學。」汪聿芃舉手一指，指向了戴著眼睛、都快站不住的凱忠，昨天早上見過。

被指到的凱忠縮了一下身子，居然害怕得躲到大樹後面去。

「你們幾個！爲什麼會在這裡？不知道危險嗎？」老皮立刻吆喝他們下來，

「小武才出事，你們還敢在這裡晃？」

金剛嚥了口口水，戰戰兢兢的走下來，他動了，其他人才跟著動。

「皮老師？」

「幹嘛？看到我跟見鬼一樣？」老皮瞇起眼，打量著幾個孩子，「你們是不是幹了什麼壞事？」

「沒……沒有！」後頭的辛銘連忙搖頭，幾乎是躲在金剛背後的。

凱忠這才挪到斜坡上走下來，「小武他真的……」

「嗯，沒意外的話他應該是不會回來了。」康晉翊說得直接，簡子芸忍不住輕推了他一把，這些才高中生而已，好好說話吧！「我沒說錯啊，八尺大人帶走的，誰回來了？」

「會跟瘦長人一樣，再還回來嗎？」辛銘也好奇的問。

「但回來都是乾屍啊！」汪聿芃歪了頭，「也要幾十年後了耶！」

天哪……學生們紛紛倒抽一口氣，連老皮都回頭勸阻，「未成年，各位同學，嘴上留情一點！」

「既然知道未成年，或許該好好待在家，萬一看到八尺大人就不妙了。」童胤恒好意勸說，「雖然我們覺得應該停課，不過似乎也沒多少人願意。」

「因爲死的人不夠多啦！放心，像隔壁一連死好幾個他們就會停課了！」汪聿芃說得理所當然，三個學生臉色卻更加蒼白。

簡子芸沒好氣的回頭看著他們，算了，多說無益。

「你們回家吧，皮老師，我們可以開始了嗎？關於八尺大人的一切？」康晉翊急忙的催促，這才是他們此行的目的。

除了瞭解O鎮裡「白紫姑娘」與八尺大人的關聯，還有他們的鄉野傳奇又是什麼，最重要的——能不能知道八尺大人在哪兒。

「好，來，我們往上走！」老皮帶著大家朝斜坡上走去，「你們幾個，回家

了啊！」

這段坡甚陡，妙的是明明有階梯，這群剛剛學生硬要走旁邊的土坡，真的證實了人不中二枉少年！學生們面面相覷，最後誰也沒走，還跟在他們身後一道兒想去看看老皮要帶他們去哪兒。

童胤恒回頭勸了幾句也沒用，只能讓他們跟。

這段階梯連綿不斷，沒有休息的時間，大家一路往上爬到了最高處耗時五分鐘，煞是累人，至少康晉翊跟簡子芸上氣不接下氣，但對於籃球健將的童胤恒跟短跑冠軍的汪聿芃來說，完全小菜一碟。

後面的高中生也是略微喘氣，也沒康晉翊這麼嚴重。

「你鍛練得太差了。」汪聿芃認真的說著，「我要跟小靜學姐說！」

「喂！」康晉翊緊張的阻止她拍照錄影，「人面魚之後就沒再練了啊！不是說好不要把學長姐捲進都市傳說裡的！」

世人要矚目就矚目他們社團就好，畢業的學長姐有現在的生活要過，尤其小靜學姐是女子格鬥冠軍，人長得又正又有許多代言，就怕記者盯上；毛毛學長是她的男友，一定是一起曝光的。

「看！到了！」站上頂端的老皮突然指向左方，「祭台！」

聞言，大家趕忙衝上前去，看著他口中的祭台。

那座祭台距離他們有十公尺遠，而且是在下坡處，縱深很深，如果要從這邊下去的話可能得繞上一大段；但可以看見一個被架起、橫躺的偌大石塊，的確像祭台模樣，後面還有間迷你小廟。

「可以過去嗎？」童胤恒看著附近的路，看不到能抵達那邊的路。

「不可以！」老皮沒回答，辛銘倒緊張起來，惹得眾人狐疑回頭，「那、那個大家都知道那邊不可以去。」

金剛喉頭一緊，跟著附和，「就是禁區的意思，從小到大都被警告過，那邊不能去！」

「是嗎？」汪聿芃睜大眼睛仔細觀察，該不會眞的就是八尺大人所在地吧？

「爲什麼？」

「因爲邪門！那個祭台已經死過很多人，所以有一個地藏菩薩鎭著，大家都不可以靠近那邊，不然會不幸。」凱忠也趕緊說著，「反正就是不能去，也沒有路走！」

「但當初怎麼建成的？總是有路進去，才能搭廟設祭台吧！況且……」簡子芸用手機放大，拍攝著小廟，「廟總是要有人供奉啊！」

老皮微微一笑，「聰明啊，有神明就要有供奉對吧！對！」不禁回頭指指三個小朋友，「看到沒有，要仔細觀察！」

學生們囁嚅的點頭，看起來很怕老師似的。

林子裡的風不小，每次風吹來總是吹得整片樹林裡的枝椏樹葉摩擦，童胤恒提高警覺聆聽一切動靜，汪聿芃則是不停的環顧四周。

「有和尚負責嗎？」簡子芸確定了廟前有花，但是已經枯萎許久。

「以前有，但是就是一個月去一次，畢竟那個不是眞正意義的廟，是存在許久、傳說中用來守護的地藏菩薩，你們也知道，東南西北各一個。」老皮無奈笑笑，「除了南方這個，其他的就像是一個小方柱體而已！」

大家都知道，那天把小武送出去時，人人都看到那個連二十公分高都不到的小方柱體。

「其實我知道的也不一定準確，這已經不可考了，就算是金剛的曾祖父還在，也說不出個所以然。」老皮又瞄了金剛一眼，「他還好嗎？」

金剛抿了抿唇，「阿奏連我都不認得了。」

「唉……是啊！連自己都不知道了，怎麼去記得鎭上以前的事？」老皮幽幽的指向那塊大石，「聽說，每年的臘月會舉辦祭典，隆重莊嚴，鮮花跟水果會擺滿祭台四周的廟前，然後人們會把祭台清洗乾淨，用鮮花鋪滿，還一定要大花老鴉嘴這種花。」

「嗄？烏鴉花？」汪聿芃直接改名。

「大花老鴉嘴是覆蓋面積大的花朵，很容易迅速覆蓋，一般是夏秋時開花吧，喜歡很濕的地方！分枝能力甚強又長得快！」童胤恒流暢的說著其他人根本沒聽過的東西！

「咦……對！不錯嘛，居然知道！」老皮又是讚許。

童胤恒笑笑，他眞的以前是童子軍，野外基本知識比一般人多一點，花草這個也不是什麼新奇的嘛！

「所有花都規定要是什麼烏鴉嘴嗎？」簡子芸不知何時，筆記本已經拿出來了。

「大花老鴉嘴！給地藏菩薩的不一定，但祭台上的花一定要是大花老鴉嘴，且得鋪得滿滿的。」老皮邊說，一邊半闔眼像在想像，「然後，點燃插在旁邊的火把，祭典正式開始。」

「還要奏樂嗎？」汪聿芃提出了個莫名的問題。

所有人不由得看了她，這哪門子問題啦！連老皮都輕哂皺眉，「不必，這是

莊嚴的，白紫姑娘要的不是那些！」

「要男孩嗎？」汪聿芃邊說，還刻意看了一旁的少年們一眼。

這一瞅，可讓男孩們嚇壞了。

「對，男孩！但我們怎麼會有活人獻祭這種事！就是挑鎮上的適齡的男孩，由他準備草人或木偶，親自把人偶放在花的中間，再告訴白紫姑娘，這是陪她做伴的男孩，叫什麼名字等等……」

「眞名嗎？」康晉翊有點緊張，眞人獻祭再加眞名，那木偶上不會還刻著生辰八字？

「當然不是！怎麼可能！會有個編造的名字，刻在木偶上，如果是草人就貼上去！」老皮擺擺手，「然後大家便離開，等待七天後，再由人去更換鮮花水果——」

老皮一頓，一臉賣關子的瞅向他們，擺明了要觀察他們的神色。

「人偶不見了，被白紫姑娘帶走了。」簡子芸頭也沒抬，邊抄邊回應，「所以才會每年都不間斷的祭祀，因爲你們相信眞有其人，畢竟人偶不見了！」

唉呀！老皮忍不住連聲掌聲，「好聰明啊！」

「啊？簡子芸對這讚許覺得尷尬，「都市傳說其來有自，鄉野奇談能傳下去除了過去人民封閉外，一定是有什麼跡象才會使人信服。」

「再加上敬畏之心，人們都是寧可信其有的。」康晉翊補充說明，「爲求心安，多做一些事也無妨！」

「唉呀，這如果只有人偶被拿走就好嚕，問題是當連花跟水果都不見時，你會怎麼想？」老皮一雙眼睛熠熠有光，「白紫姑娘之所以會成爲這裡的傳說！怎麼會太普通的呢！」

連花都取走？還有水果？怎麼聽起來反而像被盜了？

「會不會是有人太餓拿走了？」童胤恒提出疑慮，「早年飢餓的人應該不少吧！」

「但是再怎樣，不會有人有膽去偷祭祀的東西，人們會敬畏，跟現在不一樣，也比較有羞恥心。」簡子芸覺得不可能。

「不過白紫姑娘是怎麼出現的？這個知道嗎？總不會是突然就現身？」康晉翊沒忘記起源。

「都市傳說裡有提過，疑似某個旅人留下？或是原本附身在旅人身上的東西？」簡子芸試探性的問著。

「對，差不多類似！」老皮竟連連點頭。

哇！難道寫下八尺大人都市傳說的人，就是O鎮人？

老皮帶著大家繼續往上移動，但不是朝地藏菩薩的方向，而是往右繼續前行，一邊走，一邊說著他知道的白紫姑娘。

那是個寒冬，聽說又遇到天災，切實什麼災禍已不可考了，總之大家都挨餓受凍的過冬，這時有人去砍柴時發現森林裡有龐然大物，嚇得回去告訴村民，加上那一陣子大家儲存的食物多有被盜，人類最會繪聲繪影，傳著傳著，就變成有個高大的怪物在森林裡。

村長硬著頭皮，號召村裡的年輕人，大家舉著火把、帶著堪用的武器，浩浩蕩蕩的往森林裡出發，一路敲鑼打鼓的壯壯聲勢時，一個年青人禮貌的出現了。

他是旅人，一個月前在這落腳，因為餓得走不動又加上生病，所以就近找個洞穴休息，他也承認東西是他偷的，因為實在餓得受不住。

村民們惻隱之心油然而生，所以也不好苛責，但還是有幾個東西被偷的人家不依不饒，因為他們的損失該怎麼賠償？旅人連自己都保不住，實在也沒有值錢的東西賠償，這時旅人後方的山洞裡出現女人的聲音：來年春天，她主動幫受害人家翻田耕種，作為補償。

「白紫姑娘！」簡子芸暗暗訝異。

「對，她說她叫白紫。」老皮順手指向一旁的草，「那叢是野菜，萬一在山裡迷路的話可以吃喔！」

康晉翊輕哂，真不愧是植物社老師。

旅人對於白紫的出聲其實很尷尬，但也不知該如何是好，最後解釋是白紫是他妻子，但身體不舒服只能待在洞穴裡，最後只讓幾個人進去探視。所以村長帶了五六個壯丁，一塊兒進入洞穴裡。

「好聰明，如果裝病，或是坐在地上縮起腳，其實也不一定看得出她有多高吧。」童胤恒猜測著，「其他地方再蓋一蓋，可能就只是覺得她比一般女生高而已。」

「是啊，村長進入洞穴後，看見的的確是半躺著的女人，身上都是重重衣物跟乾草。」老皮點了點頭，「她保證會幫受害農戶翻田耕種，雖然大家都遲疑女人怎麼有辦法，還說會不會是騙人，最後還耽誤他們播種的時間，但連旅人都說沒問題，她妻子是專業級的。」

「噗哧……」後面的汪聿芃忍不住笑了，「她當然專業啊，力氣這麼大，如果是以前，一手拉兩個犁都沒問題吧，隨便一拖就好了！」

老皮回過頭刻意看了汪聿芃一眼，「妳連她力氣很大都知道啊……果

然……」

眼神裡帶著訝異、恐懼，但簡子芸讀到更多的像是羨慕。

其實不只是「都市傳說社」的社員吧，一般人對於那種傳說奇談，總是會好奇的想要親眼見見。

「一切和平落幕，謠傳的怪物其實只是誤會，但是發現者可不這麼認爲，因爲他親眼見到了高頭大馬的人，所以旅人的說詞無法說服他。」老皮繼續說著也走著，現在開始的路往下坡去了，「村長承諾旅人每天會分他一點食物，發現者則開始跟蹤或監視旅人，但都無法得到實證，這時候更糟的是，有許多人趁著旅人外出時，跑去洞穴看白紫。」

簡子芸聽了不禁嫌惡，「因爲正嗎？」

「是，白紫太漂亮了！她有著不同於一般鄉下女子的美貌，氣質高雅，五官立體，加上一襲烏黑的長髮，舉手投足跟說話都相當得體。」

不管在哪個年代，美女不一定會有好命運。

有些人去得太勤了，卻開始發現白紫不在，似乎是身體好轉的樣子，旅人也因此生氣，即使在洞穴外加上了門，但還是有村民會刻意跑進去，會毀掉草編成的門。

某一天，洞穴外突然卡了一顆碩大的巨石，所有人都傻了。

「真慘，被騷擾還得自己想辦法。」童胤恒由衷的說，這鐵定是白紫姑娘搬下來的。

「但這樣的排拒，又引起村民的不滿，有人甚至覺得他們是被施捨的，姿態敢這麼高！接下來旅人只要進村，就會被打，領到的食物打翻，揍他，要他帶著妻子來好好道歉。」

這故事聽得後面一眾人越聽越火大，這村子是怎樣的爛人聚集地啊！

「所以是有人想要染指白紫嗎？都沒人知道她是八尺大人？」康晉翊不解，膽子也太大了。

「白紫姑娘隱藏得很好，但也受不住看見旅人每天被打，但旅人不想節外生枝，所以他們決定提前離開。」一路往下，童胤恒意識到老皮帶他們繞到了地藏菩薩的背後。

他們走到了很低勢的地方，向左上方看去，地藏菩薩反而在高處了。老皮從身上拿出迷你鐮刀，將一旁垂落的樹枝砍斷，好讓大家有段路可以走。

「哇，好專業喔！」簡子芸由衷讚嘆。

「在山上什麼都要注意，工具要備著，也要小心步伐，我爺爺當初就是失足

滑倒死在這裡的，所以我格外留心。」老皮炫耀了自己的工具裝，「瞧我身上這麼多口袋，可是百寶箱呢……來！小心頭，壓低一下應該還能過。」

上頭的樹枝太粗，一時割不斷，老皮只能這樣提醒。

「要去哪裡？」汪聿芃覺得越來越荒涼了。

「這裡不是老師也說不可以去嗎？」學生們也多有遲疑。

「老師在，所以可以！」老皮催促著，「我是說你們自己不能跑，這兒你們又不熟！」

康晉翊下意識回頭看向汪聿芃及童胤恒，他們都頷首，目前沒有任何都市傳說的蹤跡，所以他率先壓下頭先走過去，大家才魚貫跟上，這兒依然有階梯只是雜草叢生，而且越來越陰涼。

「然後呢？」簡子芸手上的錄音筆沒停過，急切的問。

「對，然後他們決定偷偷的走，早存好乾糧，雖然有違承諾，但旅人眞心覺得此地不宜久留。」老皮趕上前，走到了康晉翊面前，「他們順利的離開洞穴，還刻意僞裝成他們還在裡面的樣子，但是沒走多遠，就被一直在觀察他們的發現者看見了——而且他是看見了白紫姑娘站著的樣子！」

又巨大又高挑的女人，完全證實了他當日沒有眼花，他不該遭受無情的嘲笑，所以他衝回去想跟村裡的人說，他看見的怪物是存在的，就是白紫姑娘！

「旅人只能趕緊叫白紫姑娘躲進樹林裡，他要去阻止發現者，好好的跟他說明。」老皮突然止住了腳步。

對於突然的沉默，現場變得有點尷尬，「然後呢？」康晉翊問。

「然後，白紫姑娘就留下來了。」老皮舉起手，指向大家所站的階梯左方遠處，大概二十公尺遠、十點鐘方向的地方。

這算一小區的凹地，開著滿山遍野的紫色花朵，滿滿的到處都是，藤蔓處處，而在某個角落裡，還能看見一塊圓型的巨石！

「咦？」汪聿芃詫異的圓睜雙眼，「就是那個洞穴嗎？」

「對，傳說中的那個洞穴！」老皮微笑點頭，「巨石卡在一個很像洞穴的口，但我們也不知道裡面是不是眞的有洞穴，畢竟沒人能搬開過，外面長滿了大花老鴉嘴，到處都是，藤蔓密集到我們也不敢踏足。」

「天哪……」簡子芸立即拿起相機猛拍照，這太壯觀又太詭異了。

「你們有注意到嗎？明明是這樣開滿了烏鴉花，但是卻到我們前面大概五公尺處就……沒有……」康晉翊邊說，一邊倏地朝左方上面看——「地藏菩薩！」

以地藏菩薩廟爲界限，花只開在界限之內！

唯童胤恒愁思，「所以……旅人沒有回去嗎？」

老皮苦笑，悲傷的搖搖頭，「他沒有回去，有人說是跟發現者打了起來，也有人說被幾個覬覦白紫姑娘的男人攔下了，總之傳說的共同點是大家在祭台那兒廝殺，誰也不確定發生了什麼事。」

「覬覦白紫姑娘？說眞的，只要讓她站到他們面前，應該就會打消這個念頭了吧！」辛銘皺著眉。

「問題是如果眞的這麼做，說不定他們會殺了白紫姑娘。」康晉翊回首義正詞嚴，「人類對於不一樣或未知的東西，有時是很殘忍的，更別說那個年代。」

「是啊！總之，聽說後來白紫姑娘找旅人時，只看到一地的血，她的悲鳴聲響徹雲霄，所有村子人都聽見了，然後——」老皮擊掌，「她就開始尋找旅人，聽說旅人是年輕人模樣，長相清秀，因此看到類似的她就會帶走。」

所以，這就是八尺大人只找男子的緣故，因爲她在尋找那個旅人嗎？不過旅人再怎樣也該成年了吧？抓走男孩或高中生似乎年紀有點差別？八尺大人也是照抓啊，是要走十年計畫嗎？

「後來才會在那裡建祭台，再用地藏菩薩鎭壓，有種恩威並施的意味兒，我給妳祭品，也要找個東西來鎭妳！」童胤恒語重心長，「明明是他們逼她留下的……」

「當時究竟發生什麼事，也無人確定，我這個版本都還是東拼西湊的，因爲……如果她眞的找旅人，區區人偶怎麼能說服她呢？」老皮朝後面指著，要大家原地轉身返回，「可是巨石啦、大花老鴉嘴，這些都剛好存在，離祭台也不遠，也是令人覺得省思的巧合。」

一轉身，成了少年們帶頭，大家循著原路往回走，汪聿芃倒是一路蹙眉，老實說剛剛她也拍照了，長草都蓋過祭台了，說明後來人也沒多少敬畏了啊！

「但不管如何，現在也沒人在祭祀或拜拜了吧！祭台旁的草這麼高了！而且都沒人知道白紫姑娘了啊！」

別說這群少年，小武的父母也一問三不知，什麼都是「以前好像有這個傳說」，連小武的爺爺都是不確定的口吻：「是有聽過白紫姑娘啦。」

老皮聞言，只是長嘆，「妳說的眞對！看看，像我現在剛說的也不一定準，這也是我聽我曾祖父說的，事實上眞與假也不能確定。」

「但爲什麼會沒有人繼續祭祀了？既然這麼……靈？」靈或玄，童胤恒不知道該用哪個詞。

老皮搖搖頭，他也不知道。

「因爲扯吧！」前方的金剛忍不住出聲，「事實上聽到現在，你們都不覺得扯嗎？怎麼聽都是有人偷花跟食物，很多傳說也只是穿鑿附會的故事。」

康晉翊看向小屁孩，很不喜歡金剛說話的語氣，「好，那可以偷食物，爲什麼要偷花跟木偶？」

「故意製造恐慌啊，或是就是不讓別人懷疑是小偷！」金剛兩手一攤，「不是啊，你們看後來都沒人在信，也沒什麼人出事，直到……」

直到？話到這裡，金剛神色一沉，倒是說不太下去。

「直到小武跟小豆出事……」凱忠緊張的深呼吸，「他們眞的是被白紫姑娘帶走了嗎？」

「是八尺大人，但兩者應該是同一人吧！」康晉翊語重心長，「至少跟傳說一樣，是個很高的女人，穿著白色衣物。」

「小武也是這麼說，說很高很高，比打籃球的還高，還穿電影裡面的那種衣服。」小武跟凱忠提過，他其實當初聽時只覺得扯。

「只是白色洋裝再多點蕾絲而已……蕾絲領口、蕾絲袖口，裙襬也是蕾絲袖口，蕾絲袖口還有蝴蝶結。」汪聿芃比劃著形容，「然後頭上戴了一個很大的白色蕾絲帽。」

眾人走回了剛剛的高處，老皮再度訝異，「妳……妳看得見白紫姑娘？那不是……」

「不必緊張，她本來就看得見都市傳說……」康晉翊覺得有點難解釋，「就是她可以看見一般人看不到的東西——喂！不是陰陽眼。」

後面那句是對著少年們說的，誰讓他們立即一副大驚小怪的模樣。

辛銘立即緊張起來，轉身拉著金剛的衣袖，「天哪！金剛！眞的有八尺大人！」

「怎、怎麼可能啦！」金剛還在嘴硬，汪聿芃瞅著魁梧的男孩，沒來由的不爽，「就是有，我看了兩回了，今天才從她手上把我們同伴救下，她眞的就有八尺高，嘴裡會發出剎剎剎、剎剎剎……」

「哇啊啊——」凱忠率先被嚇到，恐懼得摀起耳朵。

因爲小武的事，大家早就上網查過八尺大人的都市傳說了，那個「剎剎剎」是最可怕的聲音！腦補著高大可怕的女人用嘴做出那種怪異的聲音，瞪大眼睛看著自己，一邊狂奔接近，用想的就毛骨悚然！

童胤恒忍住笑，拉了拉她，小朋友都嚇成這樣了，別再做那些狀聲詞啦！

「居然……看得見啊！」老皮還在讚嘆，「那你們呢？」

「我們都看不見。」簡子芸回以微笑，「但昨天我們有個朋友確實看見了，只有被選上的人會看得見，昨晚跟今早八尺大人都有來找他，好不容易我們才把他送出去。」

咦？金剛愣了住，「所以真的是可以逃過的？」

「是啊，離開鎮上就沒事……目前是這樣。」康晉翊刻意用威脅的語氣，「不過，前提是你要跑得比八尺大人快，能在她抓到你之前逃出O鎮。」

「不……可能吧！小武他們前天就跑過一次，還出了車禍，說是車子莫名其妙被推、還撞上牆壁！」凱忠瑟瑟顫抖，「我就在那邊看見的，小武他爸嚇得大吼大叫，還是附近鄰居趕緊接他進屋裡，然後一直躲到叫另一台車來，送回家才好些，小武說一路上不停的聽見那個剎剎剎……他聽得見……」

一邊說著，瘦小的凱忠竟然哽咽起來，老皮看著趕忙叫汪聿芃不要再說了，上前就要關心。

「哇啊——」還沒靠近，凱忠卻嚇得更大聲，一溜煙躲到後面去。

「看看，怕什麼怕什麼？老師有說要怪你們嗎？」老皮無奈的出聲，「對，你們不聽話是真的，但老師要怪的話早就去找你們了、或祭出懲罰了對不對？」

幾個少年抖得厲害，雙手緊緊握拳，戰戰兢兢瞄向老皮。

「對不起……」最先道歉的還是凱忠。

辛銘見狀況不對，也禮貌的鞠躬，「老師，我們不是故意的！」邊說，他拉了拉金剛的背後衣服。

形勢比人弱，就低頭一下嘛！

金剛撇了嘴，不過看起來還是敬畏的朝老皮彎了九十度，「下次不敢了！老師！」

唉，老皮也只能嘆氣，看看三個學生，萬般無奈。

看起來有他們不知道的事啊，康晉翊與簡子芸交換眼神，瞧少年們恐懼的模樣，搞半天不是因爲怕八尺大人，而是怕老師啊！

「我是植物社的，那天是校外活動，報名的就他們三個，老師嘛，只要有一個都會教！我就帶著他們幾個到這裡來認識植物，結果全跑掉……」老皮嘴上說沒關係，但眼神還是難掩失望，「搞半天是爲了要翹課，所以才報名戶外活動的！」

「我下次眞的不敢了！是他們硬要我……」凱忠焦急想解釋，金剛回頭就是狠瞪。

這情況大家盡收眼底，童胤恒不客氣的往前，「威脅什麼！仗著你人高馬大

嗎？凱忠，你不要怕，才高二怕什麼，你只是還沒發育，跟哥哥一樣健身、打籃球，你就會長得比他又高又壯。」

「只敢欺負弱小之輩吧！」康晉翊也冷冷的說著，「嘴上說著不相信不怕，說不定心底比誰都害怕，只是做個樣子壯膽。」

「誰說的！我才不怕咧！」金剛氣急敗壞的用拳頭擊向周遭的樹，「凱忠，你敢再說兩句喔！」

唷喔，還光明正大的威脅起來了。

「好啦！別吵了！」老皮連忙勸阻，「總之，下次不要再這樣了！」

汪聿芃挑了挑眉，「你這麼厲害，那你幹嘛不去救小武？」

金剛不爽的皺眉，「我又不認識他，他是跟凱忠同班。」

「但可以幫忙啊，這樣魁梧又孔武有力——」汪聿芃勾起笑，「說不定能打得過八尺大人呢！」

金剛尷尬的別過頭，從他不停的抓握手來看，他其實是害怕。

「剝剝剝剝剝、剝剝剝剝剝。」康晉翊突然故意做出那個聲音。

「咦！」凱忠嚇得摀起耳朵，「對不起對不起！」

簡子芸趕忙阻止康晉翊，雖然很想說幹得好，但還是別嚇小朋友啦，童胤恒看著金剛的臉陣青陣白，眞的也沒多威。

「會怕就好！」他語帶諷刺，「等你眞的能打得過八尺大人後再說吧！」

金剛紅著臉別過頭，極度不爽的推開辛銘，又瞪著凱忠，老皮在後面發出警告之語，他才放下拳頭。

「剁剁剁剁剁……剁剁剁……剁剁。」又是機械音傳來，金剛不爽的回頭——「閉嘴啦！是要嚇幾次！」

他回過了頭，怒目罵著，但是他身後一票人，臉色卻比他更難看。

康晉翊手摀著嘴，搖了搖頭，不是他喔！簡子芸全身都僵硬了，這聲音清楚的自他們後方傳來，如此的清晰，而且康晉翊身邊的童胤恒，在剛剛剎時就因頭痛而蹲下了！

汪聿芃趕忙也蹲下身扶穩童胤恒，同時回首看去，看向的是祭台的方向。

白衣女人就坐在那祭台巨石上，嘴裡不停的發出「剁剁剁」的聲音，看著她的左下方：金剛的方向。

「啊啊啊……那個人那有個好高的女人坐在石頭上！」金剛急得往上指，身邊的小夥伴一臉慘白。

「坐在……什麼石頭上？」凱忠每個字都在抖。

「沒、沒有人啊……」連辛銘都戰戰兢兢的回著，他們眼裡，祭台上什麼都沒有啊！

老皮看著祭台，再轉向金剛，「你看見什麼了？」

金剛傻了，他望著大學生們跟老師，剛剛的傲慢轉眼消失，恐懼的淚水啪噠的就從臉頰滑落。

「剝剝剝……剝剝。」女人啪沙的跳下祭台。

「她跳下來了——」童胤恒抱著頭，「跑啊你！」

跑啊——

第七章 突發狀況

金剛被看上了，有別於一開始的氣談囂張，他像個小孩般的哭嚎著。

下午大家護著他衝，直到進入老皮的車子後直接載他回家，「都市傳說社」的社員都知道，不是他們逃得快，而是八尺大人沒有要在這時帶走他的意思。

她好像就眞的喜歡在晚上，隆重的迎接挑中的人。

生活中就要有儀式感，是這樣用的膩？

老皮一放他下車就閃人了，他說如果被知道他帶學生去禁區附近，恐怕會被解雇，爲此大家也很樂意的幫他掩護，由康晋翊出面陪金剛回去，耐心的向他父母解釋這令人不可思議的事，再由他父母決定需不需要他們幫忙。

看孩子大概也知道父母，金剛父母超級嗤之以鼻，無理低俗外加粗暴，三句有兩句是髒話，剩下那句是肢體語言，動輒掄拳恫嚇，斥責他們在講無稽之談，還罵他們這些大學生不學好在歛財，康晋翊都平心靜氣的任他吼，反正該急的不是他們。

汪聿芃完全不想留，她自己寧可走路回旅館，誰都攔不住，結果童胤恒還陪她回去。

最後是金剛失控的大吼，他眞的看到八尺大人了，而且只有他看見，不信別人總該信自己兒子吧！辛銘跟凱忠也激動證明，同一個地方他們根本什麼都沒看

到，但金剛卻驚恐的大喊八尺大人。

金剛再搬出小武跟小豆的事後，母親相信，但父親依舊趕他們走；連好脾氣的簡子芸都氣忿的拉了康晉翊就走，是金剛衝出來又跪又哭的求著，他們便找附近咖啡館坐坐，兩小時後金剛父親一反常態，低聲下氣的來拜託他們了。

「明天我沒辦法喔！」汪聿芃悶悶的縮在角落，「我不能再跑一次，太可怕了。」

「汪聿芃！這是救人啊！」簡子芸趕緊說，「我們今天不是很順利的送走小蛙了！」

「但八尺大人很生氣啊！我絆倒她，她又瞪我，她記得我們好嗎！」汪聿芃看向童胤恒，「你說！你聽得見的！」

「對，她非常不爽。」童胤恒連忙附和，「我覺得明天要再跑不妥，不然就是得想新招，我如果是八尺大人，明天追金剛前會先把我們解決掉！」

不管翻車或是致命攻擊都有可能。

「撞她、逼她、絆倒都使過了，我找不到別的法子了！」汪聿芃撫著胸口，「她一拳就可以把我骨頭打斷的，我才不要冒險。」

而且，她嘟囔著看著在樓上抽抽噎噎的金剛，爲什麼要幫那種死屁孩啊！

「我懂了，先過了今晚再說吧。」康晉翊嘆口氣，他不能給汪聿芃童胤恒施壓壓力，能看得見或聽得見都市傳說對他們而言已經夠辛苦了，「我上樓處理一下，子芸。」

「好！」簡子芸連忙起身，「你們先休息。」

這間是金剛父母爲他們準備的書房，讓他們暫住，康晉翊及簡子芸上樓去幫金剛準備，順便交代著禁忌事項。

一等他離開，汪聿芃立刻爬向童胤恒。

「我們爲什麼不走？」她用氣音問著，「這不關我們的事！」

童胤恒複雜的看著她，「以前很少有眞實與我們相干的事，但妳都管了，因爲這是都市傳說啊！妳是怎麼了？」

汪聿芃不耐煩的深呼吸，別過頭，「我只是覺得……我們沒有危險就不需要涉險！八尺大人就是屬於危險的存在！」

「從瘦長人時就這樣，妳從未對都市傳說興趣缺缺。」童胤恒凝視著她，「是不是因爲跟妳老家有關係？」

汪聿芃一凜，斂下巴的動作相當明顯，沒逃過童胤恒的雙眼。

「沒什麼關係。」

「今天在加油站遇到那個人，他沒認錯人對吧，他說的汪家是妳，你們老家有什麼事?」童胤恒再追問，汪聿芃直接遠離他，再度縮回角落。

她把自己蜷成一團，悶悶的開口，「我討厭老家。」

「那我們不去W鎮，我們現在在O鎮，能幫一個人是一個人，想想怎麼阻止八尺大人啊!」童胤恒苦口婆心的勸說，她別那麼拗嘛!

「怎麼幫?瘦長人也不是我們幫的，那是他集滿了!」她不爽回應，「那是都市傳說，我們最多就是找到她爲什麼會突然出現，一切都是要她願意，她才會罷手!」

「對，說得好!」童胤恒一拍手，「滿足她的需求!」

汪聿芃皺起眉，不高興的別過頭，「說不定她就是只要找到什麼男孩呢!等湊滿她就停了，跟瘦長人一樣。」

「我在想說不定重啓祭典，給她木偶男孩就收工了。」童胤恒想得更遠，他打算等金剛今晚度過，好好跟鎮上人聊聊。

「隨便，但明天不能帶金剛走，太冒險了。」她望著童胤恒良久，「不值得!」

童胤恒無奈的做了個深呼吸，話是這麼說沒錯，如果八尺大人這麼難纏，沒必要賠上自己的命。

「最多就是讓金剛都窩在家裡，不出門直到八尺大人離開吧。」這是最消極的辦法了。

汪聿芃聳聳肩，她一點都不在意金剛會發生什麼事。

樓上的佈置一切妥當，門窗已封妥，金剛必須待到早上才能出來後，大家便離開了金剛房間；今晚沒有人打算陪同金剛，這也算是做人失敗的主因之一。

而且爲了不讓有路人甲遭池魚之殃，還是讓金剛一人乖乖的待著吧。

來到樓下時，金剛家的訪客都已抵達，有許多憂心忡忡的父母、警察，還有鎮長都來了。

康晉翊禮貌的向大家敬禮後簡單的述說現在的情況，基本上在八尺大人沒有離開前，所有未成年的男孩都有危險……嗯，如果把小蛙的例子算進去，成年的話，如果看起來幼齒的說不定有危險。

其實康晉翊一點都不覺得小蛙看起來多幼齒，完全不知道爲什麼八尺大人會找他。

「我們聽說以前白紫姑娘有祭典，這個能恢復嗎？」童胤恒提出了建議，「重新恢復過往的祭禮，獻祭一個象徵性的男孩木偶給她，不要再讓她出來。」

「……這有用嗎？如果她是因爲這樣跑出來抓人，但早在前幾年就該這樣做了不是？」某家長嚴肅的駁回，「大家有沒有冷靜思考過，會不會眞的只是綁架案？」

「綁架個頭啊！老王，我在現場，我兒子像被人拎著一樣帶走，這能假嗎！」小武父親也抵達了，他追不上兒子，也救不回來，心痛至極，「我覺得這群大學生沒說錯，應該要停課，孩子們不能再到處遊走了！」

「那要到什麼時候？」其他人憂心的問，「總不能躲一輩子吧？」

「如果眞有必要，躲還是得躲。」簡子芸不明白他們在問什麼，難道眞要讓孩子冒險嗎？

中間，有個警察出了聲，「聽說……你們的朋友平安離開了？」

康晉翊瞄過去，心裡有不好的預感，還是點了點頭。

「那爲什麼我兒子……我兒子卻被帶走了？」果然是小豆的父親，那並不是強勢的語氣，但依然是質問。

「請去問八尺大人吧！」從書房裡走出童胤恒，他實在厭煩了這問題，「我們不是見死不救，只是難敵都市傳說，能救下我朋友也不過是幸運。」

「那我兒子……」金剛母親渴望的回頭看向童胤恒。

汪聿芃立即搖頭，「沒辦法喔！都市傳說不是傻子，她會識破我用過的方法，到時只要先幹掉我們就好了……我才不要。」

「那……那金剛怎麼辦？」母親慌張的看向康晉翊，「我兒子他會被帶走的！」

「只要他今晚不破戒，暫時不會有事……至於明天，我們是眞的找不到方法，他只能先待在家裡。」康晉翊也只有這個答案。

「一直嗎？」這下換金剛父親問了，「待多久？」

「不知道，因爲不知道八尺大人何時會走——所以才請大家來商議，有沒有人確切知道八尺大人……白紫姑娘的事情，或是祭典之類的，總是得想想看怎麼讓她回去。」

一時間，客廳裡的人七嘴八舌，但果眞每個人聽說的都只是極其片段，白紫姑娘在他們的文化中消失了好長一段時間了。再晚些，大家便各自回去，至少鎮長訂下了鎮民會議，也確定了未成年的孩子必須停課。

夜闌人靜，一切都靜了下來。

金剛家自然沒人能入睡，童胤恒一直百思不解，爲什麼八尺大人會出來？

他總會想到瘦長人的事，同樣是同座山腳下的林子，是否有關聯？總不會是

因為瘦長人的出現，所以驚動了她吧？

那麼，他下意識瞄向蜷在角落、背對著大家已經在沉睡著的汪聿芃，武祈山下如果是都市傳說的孕育地，那如此驚動一個接一個，還會發生什麼事？

在房間裡的金剛則謹守著規則，祈禱一覺醒來便能見到陽光，但怎知翻來覆去就是睡不著，所以又爬起來打手遊。

窩在被子裡的他把自己包得嚴實，告訴自己無論等等外面出現什麼聲音，都絕對不要怕。

「我不會理的，不會！」金剛在被子裡自言自語，「到底怎麼會有那種鬼東西？」

聊天室閃爍，他點開看，是辛銘。

『你還好嗎？現在怎麼了？』

『還能怎樣？就乖乖的待在房間裡啊！』

『有人敲窗嗎？或是假裝你爸媽的聲音？』

『還沒有……你說眞的假的？我其實還有點想聽聽。』

『賣鬧啊！』

說時遲那時快，窗戶傳來了喀噠喀噠的聲響，那是指甲刮過玻璃窗的聲音！

金剛當即僵住身體，他的房間在三樓啊……八尺大人不是號稱兩百四十公分嗎？三樓好歹也、也有……超過六公尺高？

「喂，金剛！我啦！」

喝！窗外傳來的竟是辛銘聲音，語調一模一樣！

『幹！你現在在哪？』金剛趕緊在聊天室問著。

『在家啊！』

『現在在我家三樓窗外有人敲窗，還是你的聲音耶！』

金剛被子拉得更緊，這眞的太可怕了，若不是親耳聽見，他想都沒想過會有這種操作！

『眞的假的！我在家喔！我在家喔！』辛銘連打了兩次，手機那頭的他也覺得冷汗直冒，八尺大人竟然冒充他的聲音，也太厲害了吧！

金剛完全無心再打字，只希望辛銘能陪他聊天，戴上耳機，就能不聽見外面的呼喚聲。

「金剛！你在幹嘛？沒事了啦！我剛到你家樓下！」辛銘的聲音還在窗外。

「金剛，沒事了！八尺大人走了喔！」下一秒，無縫接軌的是母親的聲音，從房門外傳來，這也太強了吧！

一邊假裝媽媽讓他放鬆戒心，還帶著辛銘作證，她是怎麼辦到的？而且聲音都準確的分別源自窗邊與門口！

他全身開始不住發抖，手機上時間顯示凌晨一點多，他要這樣捱到七點嗎？那還有六小時啊！

爲什麼那些大學生不進來陪他啊？他一個人在房間裡會害怕啊！

喀噠喀噠！玻璃窗開始劇烈的敲響著，金剛更加害怕，該不會破窗而入吧？那他怎麼辦？有沒有八尺大人直接進屋抓人的記錄？他——

一股力量猛地推了他一下！

咦？趴跪在床上的金剛愣住了，爲什麼……有人好像戳了他的肩背？房間裡不是應該只有他一個人嗎？他是抖到產生錯覺了？還是……八尺大人進來了？

跟著，那力道再度推了他一下！

金剛這次被推得身子往左傾倒，但死都不敢開被子反而揪得更緊——這不是錯覺！眞的有人在外面！

叮！聊天室閃爍，不等他點開便自動跳出。

『看看外面：被子外面！』

音。

陌生的帳號，沒見過的人，金剛怎麼可能看！但同時，窗外再度換了個聲

「金剛，我凱忠！凱忠！辛銘說眞的，沒事了！」

金剛更傻了，八尺大人還在外面？那現在在他房裡的是什麼？沒想太多，他的被子下一秒被突地揪住，唰啦的拔開——

「哇——哇啊啊啊啊——」

歇斯底里的尖叫聲從房間傳來，驚醒了所有人，童胤恒早因爲八尺大人到來而頭發疼了，只是似乎還能行動，康晉翊人是跳起來了，可一副未醒的惺忪態。

「八尺大人能進屋嗎？」汪聿芃大喊著，率先衝上了樓。

鹽巴佛像，舊有的傳說中，這些是能夠阻止八尺大人進入的東西，她也從未進入過啊，關鍵不是應該是當事者自己開門或開窗回應嗎？

那致命的一眼，勾魂攝魄！

汪聿芃衝上三樓時，聽見的是駭人的撕紙聲，不是在門邊，所以是在窗邊？

「金剛，不能開窗，你在做什麼！？」

「走開！救命——你滾開——」她只聽見金剛的驚恐至極的吼叫聲，然後是物品掉落……他爬上桌子！

「他要開窗！」汪聿芃已經開始用身體撞門了，「金剛要開窗戶了！」

「不可以！」康晉翊上前，跟著一起撞門。

「走開！」爾後上來的童胤恒聞聲先抓了金剛家的滅火器，直接砸向門把，門應聲而開。

簡子芸倒抽一口氣，從未有人在八尺大人前來從外面開門，這樣子對金剛會影響嗎？

但門一撞開的瞬間，他們就看到爬上桌子的金剛，已經不顧一切的同步拉開了窗戶——不！

汪聿芃一個箭步上前，直接抱住了金剛！

「哇！放開我放開我！」金剛嚇得魂飛魄散，回頭看著汪聿芃，「妳做什麼!?」

童胤恒跟上前，也扣著金剛往後拉，他現在還沒往外看，必須趁機把他拖進屋裡！

正在他們合力把他拖下桌子的瞬間，金剛卻雙手扣住窗緣，使勁的掙扎與汪聿芃他們對抗，死命的把身體往窗外鑽，像是在逃命似的！

「放開我——」他扯開嗓門大吼，然後……

聲音消失了。

「該死！」汪聿芃低咒著，抬頭往外望，「他看見八尺大人了！」

金剛視線望著窗外，旋即泛出痴迷的笑容，更加拼命的要往窗外跳，而外頭的女人則朝他伸出了手。

「拖進來！」康晉翊也上前抱住金剛，無論如何都不能讓他被帶走。留下來，就是個轉機。

簡子芸、金剛父母也都加入了拉扯行列，但是真太奇怪了，動用這麼多人，卻也沒能把金剛拉進屋子裡半吋。

「那個女人在哪裡？」上前扳開兒子手的金剛父親怒不可遏，「不許碰我兒子！」

他終於扳開了金剛扣著門窗的左手，但他的右手卻仍舊伸得老直，有股力量不停的拽著他，讓後面這麼多人都全拽不動分毫。

這陣騷動讓鄰里間聽得心慌，原本半信半疑的他們現在覺得更加恐懼了，金剛的爸爸什麼個性？最不信這種怪力亂神的人現在發狂的暴吼，八尺大人是真的啊！

「妳去講講？」童胤恒推著汪聿芃，只有她瞧得見八尺大人啊！

往前！

「講……」汪聿芃擠眉弄眼的，「我出去被秒殺吧！我才絆倒她……哇！」

八尺大人力道之大，將金剛整個人都要拉出窗外了，還拖著後頭幾個人一起

「這也太扯了，我們有六個人耶！」簡子芸嚷嚷，這樣拖不回一個男生？

「把兒子還給我！」金剛父親氣急敗壞的爬上書桌，抓著金剛的右手往回拖，「放開他，妳這麼缺男人是不會去賣嗎？爲什麼要找別人家的小孩？喜歡未成年的女變態！」

「剁剁剁……剁剁剁剁剁剁。」這句突然很長，但隱藏的怒氣不容小覷，童胤恒直想翻白眼，說話實在有夠沒品！

都市傳說是可以這樣隨便冒犯的嗎？

「拖不動啊！」康晉翊低吼，「這樣下去連我們都會一起被拖走的！」

「不然能怎麼辦？他的右手已經搭上八尺大人了，你看……那眼神多迷戀！」

童胤恒咬著牙，他的腳都已經抵著書桌，還是完全擋不住外頭的力道。

金剛父親高壯的體魄卻連兒子的右手都拉不住，母親哭嚎著，拼了命也扯不動兒子，沒過幾秒，他們又被往窗外拉動了！

「不行！」父親突然跳下書桌，左顧右盼的找了條圍巾，二話不說繫住了兒

子的腰際。

他想利用這樣更好施力，一股作氣的把金剛往回拖！

「大家一起用力！跟拔河一樣——」父親突然心生一計，「我們先微微鬆手，讓對方反作用力後退，再一口氣拉金剛回來！」

……有用嗎？簡子芸不安的搖頭，「我覺得這方法不太好！」

「怕什麼！大家不是都抱著金剛嗎！突然鬆手也才一秒，她搶不走的！」金剛父親怒斥著，「這是我兒子，聽我的話，鬆——」

大家果然略鬆了力道，金剛明顯的整個身體往窗外掉落，幾乎只剩大腿以下在屋內，下一秒金剛父親再大喝一聲：「現在！」

大家倏地或抱或扯住金剛，咬牙用盡力氣往內拖——啪！

事情只發生在一秒內，甚至沒有人看清楚是怎麼發生的，童胤恒只見眼前一片血紅，汪聿芃在被血潑進眼裡的瞬間別過頭，手上那較勁的力量陡然消失，一屋子六人全部因反作用力往後倒去，摔成一團。

最後面的金剛父親被壓在最下頭，也跌得最爲狼狽，所有人哀聲四起，根本不知道發生了什麼事。反應最快的自然是童胤恒與汪聿芃，也因爲他們在最前面，倒下時上頭沒被任何人壓住。

彈跳起身，第一眼看見滿牆滿多鮮血跟……內臟？下一秒錯愕的看向彼此，他們兩個臉上身上也全是血。

汪聿芃用顫抖的手抹下臉頰上的東西，很像是段血管……

他們戰戰兢兢的朝一旁看去，是紛紛起身哀著疼的人們，還有那個……因爲瞬間反作用力被大家往後甩、撞上門邊的金剛。

嚴格來說，是只有半截身子的金剛。

肚子裡的器官噴飛了整間房間與地板，金剛自腹部被撕裂，剛好是其父用圍巾圈著的範圍，下半身由他們拖了回來，上半身──汪聿芃第一時間跳上書桌，扳著窗緣往外看去。

高大的女人牽著男孩的手，在月光下俏皮的擺著漫步，只是她右手的男孩只有上半身，一邊走著，體內的內臟一邊往下掉，啪噠啪噠……啪噠啪噠。

但是他仍舊仰著頭，痴戀般的望著女人立體姣好的臉龐。

然後，白帽的女人驀地回頭，幾乎是以得意之姿望著他們。

她笑了。

回到A大的小蛙與蔡志友毫無倦意，他們連宿舍都沒回去，馬不停蹄的去找章警官。

「我就知道跟你們有關。」章警官望著電視，新聞正大肆播報瘦長人的事件，大城市的警力也都調過去了，畢竟出現六十幾年前的屍體，也算是要重啓調查。

桌邊兩個男孩都沒空說話，桌上一碗麵加上飲料，吃得跟餓死鬼一樣。

「慢，慢點吃！是都沒吃飯嗎！」章警官嘆了口氣，「爲什麼只有你們兩個回來？」

小蛙剛抬頭才說個，「那——」就被章警官伸手擋下了。

「算了，我知道，小靜已經打來跟我說了！」章警官搖了搖頭，「她一見到新聞就覺得不對勁，要我多留意你們。」

「學姐嗎？」提到學姐蔡志友雙眼都亮了，「學姐居然還在默默關注我們！」

「都有人直接去學校找你們了，多少新聞在報導！」章警官動手抄錄資料，「小靜要你們低調，盡可能不要再涉入都市傳說的事情。」

嗯……兩個男孩默默的望著章警官，這好像是不可能的事厚？

「學姐是擔心我們，不過應該還好吧……」話是這樣說，但小蛙沒忘記自己差點納入八尺大人的後宮。

「她覺得出現得太頻率了，連穎德都說不尋常，但人面魚之後太風聲鶴唳，他們都不想被記者追問都市傳說的事，所以不想出面。」章警官略頓了頓，「好像現在是讓洋洋在找原因。」

「喔喔，郭學長——找什麼？」蔡志友皺眉，「找八尺大人還是……」

「都市傳說一直頻繁出現的原因，而且現在幾乎都繞著你們轉……以前巧遇就算了，這次瘦長人是孩子搭車特地把你們請過去啊！如果你們未來要以此爲職不是不行，但是……」章警官意味深長且凝重的看著他們，「你們每個都涉入過都市傳說，應該知道這筆錢不好賺。」

話才落，小蛙跟蔡志友同時都打了個寒顫，以此爲職？是指專門破解都市傳說嗎？別開玩笑了，哪次大家不是九死一生？

「我喜歡都市傳說，好奇就夠了，專門去碰都市傳說，我又不是傻子！」向來理智的蔡志友乾笑著，「上次我挑戰花子的事情，偶爾還會以惡夢姿態出現在我夢裡咧！」

「所以她才覺得你們被推到風口浪尖上，要小心！除非有跟夏天一樣的愚蠢熱情——我照樣陳述，這小靜說的。」他聽得出來，小靜至今還是對夏天那孩子

非常有意見。

「但現在……大家就還是想繼續處理八尺大人的事，不然她一直找未成年也不好吧！」小蛙覺得這種事麻煩的點在於，明明不干自己的事，卻好像良心會過不去。

但問題是如果他們今天因此受傷身故，也沒人覺得良心過不去啊。

「好，O鎮是嗎？我會盡量幫你們調調看……不過照你們說的，少說要百年了吧！這還能找得到資料的不多喔！」章警官先打了預防針。

「拜託了，而且要快！」蔡志友語重心長，「每天抓一個，這速度很可怕的！」

章警官嚴肅的點點頭，O鎮的確連續幾天都有失蹤案，他們警方要查系統很容易找，而且他甚至可以看見「飄走」這種理由。

「啊，還有一個東西，這個也得拜託您！」小蛙趕緊挪了個空間，把背包擱上桌，「外星女臨走前給我的，交代我一定要找人修復，不然也得找到一個正港的替代品。」

蔡志友協助從背包裡抱出用層層塑膠袋裹起的物品，看起來有點沉，擱在桌上時，章警官是丈二金剛摸不著頭腦。

一個石柱，二十公分高、寬十公分的立方體。

「這是？」他戴起老花眼鏡，仔細端詳。

「地藏菩薩。」小蛙著翻轉一下正面，「這面有刻有沒有……這是O鎮的特殊版地藏菩薩，東南西北各一座，我們本來以為是用來限制八尺大人行動範圍的，結果沒有效。」

跟著，蔡志友又搬出另外一座，看著兩座地藏菩薩，章警官眉頭皺得更深了。

「所以？」

「所以我們推論說不定這尊是假的，會不會有人車子撞到毀壞，就用水泥隨便砌一塊假裝，因此才失去效力。」蔡志友把剛拿出來的那尊移到旁邊一點，「這個是從西邊挖的，那個可能有問題的是北邊。」

章警官端詳再三，最後拿起有問題的那尊上做了一個記號。

「我還沒見過這種地藏菩薩，那你們要怎麼查？」

「想修復這一個，看兩者哪裡不同，然後我跟蔡志友要試著去找找看。哪兒還有正宗的地藏菩薩。」小蛙有點無奈，他也沒見過這種地藏菩薩，「要眞正的、靈驗的吧！」

「也想順便看能不能知道，這種地藏菩薩的有沒有來源？」

章警官點了點頭，把地藏菩薩移向他們，「我幫你們打通電話，你們把這東西拿過去，有人會接應你們。」

說著，章警官開始在打訊息了。

「咦？」

「我認識修復的能手，而且你們不是想知道兩者是否一樣！去找一個叫阿雄的，我等等把地址發給你們。」章警官敲敲桌子，「我打字打得慢，你們坐下來把飯吃完。」

「噢……」兩個男孩趕緊坐下，雙眼感激涕零的看著章警官，「謝謝章警官，我們對您的景仰有如——」

「你們要不要先說說，這兩尊你們是怎麼拿到的？」章警官嘖嘖稱奇，放下手機看著地藏菩薩，「這怎麼看都是硬挖斷的啊……」

「是外星女喔！」

第八章 尋找源頭

爲什麼金剛會開窗？汪聿芃滿腦子都還在想這件事。

「妳記得我衝上去前的叫聲嗎？」她一洗好澡就問著同房的簡子芸。

「我記得，我也有聽見，但我反應眞的沒妳快，我是傻住了。」簡子芸也剛洗好，每個人都一身的內臟碎塊。

「爲什麼他會叫？而且那不是普通的叫而已，是歇斯底里的叫法。」汪聿芃努力回想每個細節，「我到門口時，他整個就是慌張的要開窗，還喊著……」

「什麼？」簡子芸有點緊張，剛剛在警局時汪聿芃沒提到這段啊！

「我忘了……」她深吸了一口氣，擦著頭髮跫回自己床邊。

對，那時金剛在大叫著，聲音裡盈滿恐懼，爲什麼？

他在害怕什麼，迫使他非得開窗跳下去嗎？

康晉翊傳來訊息，問大家要不要去吃點東西，金剛被撕開後大家到警局做了一夜筆錄，便急著回來洗掉身上的血跡，早餐也沒吃，一洗好澡五臟廟就抗議了。

然後，皮老師很剛好的傳訊來，要請他們吃早餐。

「不吃了，我們買東西到車上去吧！我覺得要快點搞清楚八尺大人爲什麼下來！」汪聿芃提議，「問問大家同意嗎？」

意外的大家都說好，但是早餐一定要買好買滿，到森林裡去吃也沒關係，就是不能餓著肚子。

早上十點，外頭冷冷清清的，鎮上已經宣布停課，少年們都不敢外出，女孩子倒是開心的到處亂逛，情境大不相同。

「我也沒聽見他喊什麼，但很恐慌就是了。」康晉翊是第二個上來的，也有聽見叫聲，「他好像是在害怕什麼。」

「辛銘說他也不知道，他們聊天到一半就沒有繼續了！」辛銘昨夜也有進警局，因爲警察查到遺落在被子裡的手機，金剛死前正在與他聊天，「八尺大人用辛銘聲音在外面騙他，他還開窗？」

「所以是有什麼逼他開窗，還是個比八尺大人還可怕的東西。」童胤恒領了自己的早餐，「我還要再去買漢堡！」

每個人都買超多的，活像幾天幾夜沒吃飯似的。

店家全都認得他們，多添了份量，想著萬一等等自家孩子也被看上，至少這群大學生可以幫得上忙吧！

「但我進去時沒看見啊！我就只看見金剛發了狂的打開窗戶，我就衝上去了！」汪聿芃回想起昨夜那瞬間就冷汗直冒，完全無法思考，只能讓行動代表一切。

「但鐵定有什麼逼得他反常，畢竟他前一刻都還在跟辛銘通訊，也說明了知道八尺大人在外面僞裝聲音拐他。」康晉翊也拎了一大袋，「昨天犯罪現場圍起來後大家也都瞧得見，房裡什麼都沒有，就只有角落裡黑融的鹽……」

「融掉的部分還是目前最少的，感覺八尺大人還沒怎麼發揮到。」簡子芸也無法理解，「難道八尺大人還有什麼祕技嗎？」

「不會吧……這也能有所進化？」康晉翊直想翻白眼了。

大家陸續的在附近幾間中西式早餐店買妥食物，就由康晉翊跟老皮聯繫在哪兒會合，他們在O鎮沒有車，要到森林裡的確需要一段路。等著老皮時，許多騎著腳踏車的女孩經過，交頭接耳的，讓他們感覺自己像被參觀的人。

「金剛真的死掉了嗎？」有個辮子女孩停下腳踏車，大喇喇的問。

「嗯。」大家不約而同的點點頭。

「也好！」女孩聳了聳肩，「討人厭的傢伙！」

一旁的女生打了她一下，「不能這樣說話啦！」

「他本來就討厭，以爲自己很壯就到處欺負人！學校老師都怕他耶！」辮子女孩一點都不以爲意，「被八尺大人帶走了我還替八尺大人可惜了，幹嘛不選辛

銘！」

「好了啦！」朋友尷尬拉著她，「走了走了！」

「辛銘也是狐假虎威，如果說一年級那個瘦小的，就是俗辣！」女孩還沒唸完，末了居然還哼起歌來。

朋友催促著她騎離，一票大學生有幾分訝異，汪聿芃還泛起淡淡笑容，「我突然沒多難過了，八尺大人還是做好事咧！」

「汪聿芃！」童胤恒低聲警告著，這話可不能在外面亂講啊。

叭叭兩聲，老皮駕車抵達，眾人陸續道早後魚貫上車，前頭的女學生還回看了兩眼。

「那是皮老師的車子嗎？」辮子女孩歪著頭。

「對啊，全鎮就只有他有這種吉普車吧。」朋友讓到一旁，「老皮跟那些大學生有聯繫喔？」

「對耶，有點意外……」辮子女孩眨眨眼，看著老皮的車緩緩從面前駛離。

「老師要帶他們去哪裡？」

「別管他們了！放假耶，說好要去買衣服的！」朋友可不讓她亂跑，推著她就向右拐去。

「我就好奇啊，我想到了，金剛一死，老師也會很開心，還有一個人鐵定最開心。」辮子女孩漾起笑，「辛銘正準備放鞭炮了吧！被欺壓了這麼久！」

「噢，住口吧妳！」

女孩口無遮攔也不在意，回首再瞧一眼，卻看見了兩台腳踏車急忙的追上老皮的車子——咦？男生？

「有沒有搞錯啊？」率先發現的是坐在副駕駛座的康晉翊，他從照後鏡看見了後頭跟上的學生，「這兩個不怕死的嗎？」

大家不約而同往後看去，居然是辛銘跟凱忠！

「喂！你們敢跑出來？」

「我就想問，金剛爲什麼會開窗？」辛銘拼命追，老皮也放慢車速。

「我們也不知道，快回家！」簡子芸催著他們遠離。

「你們要再去森林嗎？」凱忠也扯開了嗓子。

大家點點頭，這兩個男孩怎麼異常堅持啊？

「跟他們說老地方見！」老皮撂下一句，加速離開。

「老地方？」童胤恒好奇的問，「昨天那邊嗎？」

「再往前點，植物社出去都是在那邊集合的，相對安全。」老皮意味深長的

瞥了他們一眼，「我昨天帶你們去的是禁區啊！平時當然不會帶他們去！」

汪聿芃不以爲然，「但他們昨天就在那邊晃了！」

老皮一愣，只得長嘆，「如果都會乖乖聽話，還能叫學生嗎是吧？」

車子很快的來進入林子，這裡的確一看就知道是步道，甚至還有石桌，大家也就不客氣的坐在桌子上邊聊邊開動；爾後拼命追來的學生汗如雨下，童胤恒看著他們直搖頭。

「沒看過這麼不怕死的。」他由衷的說，「金剛昨晚才死於非命，你們今天還敢出來？」

辛銘上氣不接下氣，凱忠也趴在腳踏車龍頭上氣喘吁吁，半晌說不出個字來。

「辛銘，金剛眞的沒跟你說什麼嗎？」汪聿芃好奇的追問，「什麼東西把他嚇成那樣？」

「……沒有……」辛銘搖了搖頭，「我們講到一半，他就突然說怪怪的。」

這些在聊天室的對話紀錄裡，所有人都看得見。

「眞的是個謎，有什麼東西把金剛嚇得魂飛魄散，連八尺大人都不管不顧也要開窗逃離——」汪聿芃深吸了一口氣，「而且還不是開門，是開窗！」

對啊，爲什麼不開門？簡子芸思考著合理性，正常人會選擇要爬上去才能開啓的窗戶嗎？更何況金剛在三樓，三樓跳下去並沒有比遇到八尺大人好多少啊！

「都這樣了，你們還敢來？」老皮催促著學生們，「回去！」

「昨天八尺大人沒挑我們，應該不喜歡我們吧。」凱忠說了個神邏輯，「我們想說應該安全了。」

哇……大家莫不瞠目結舌，這想法眞是好棒棒。

「隨便吧！我現在只想知道八尺大人出現的主因！」汪聿芃咬著包子邊往回走，「老皮，有沒有路可以接近那個祭台或洞穴？」

咦？這問題語出驚人，連童胤恒都嚇了一跳。

「喂，妳要幹嘛？」

「去親眼確定一下啊，我們現在也只有這個線索，祭台或洞穴——我覺得是洞穴。」她肯定的點頭，「你們有沒有想過，其實八尺大人一直都住在裡面啊？」

一整票人不約而同的用力搖頭，沒有沒有。

「但那邊很危險不能去的！」辛銘緊張的勸阻，「那個花下面說不定是洞或是坑，被藤蔓擋住看不見的！」

「對啊！老師說過那邊很危險。」凱忠望向老皮，「而且去祭台的路好像也

被草蓋住了！」

啊……童胤恒回首看著孩子們，「還是有路嘛！」

「只是被草蓋住嗎？」康晉翊沉吟道，「那至少抵達祭台還是可行。」

「但洞穴我不贊成。」童胤恒拉住汪聿芃，「妳別貿然衝動，那是死路，萬一打開了眞的有什麼——」

「先能打開再說吧！」簡子芸輕笑出聲，「我覺得那石頭沒這麼好搬喔！」

呃……回想一下那洞穴大門的石頭的體積，似乎是這樣沒錯。

「好！吃完出發！」汪聿芃立即看向老皮，「皮老師，昨天沒說完，後面呢？」

「咦？」老皮一怔，「然後？」

「白紫留下後呢？有發生過什麼事嗎？」昨天沒說完，就被八尺大人打斷了。

「啊……因爲開始有人被她帶走了！聽說只要見一眼，就會迷戀上白紫姑娘，進而被帶走！」老皮認眞的思考著，「至於旅人，至少此後沒人再見過他。」

康晉翊挑了眉，「聽起來就是凶多吉少。」

「不管怎麼樣，傳說中他沒有回到白紫姑娘的身邊，所以才會出現她到鎭上吸引男子抓走、然後你們開始衍生出獻祭，最後又遺忘的事來。」簡子芸已經統整好了，「照這樣推測，旅人年紀不大，所以她傾向找少年。」

「或許吧，這根本沒人記得了。」老皮也只有無奈。

「說不定一切答案都在洞穴裡。」汪聿芃收拾好大家的垃圾，「我們出發吧！」

「咦？你們眞的要……要去喔？」辛銘這聲音都在抖了。

「是啊，要先找到源頭，不然不知道八尺大人還要待多久，也想知道她到底要找什麼。」康晉翊有些嚴肅，「不過她如果要找旅人的話，都多久前的事了？」

就算旅人是拋棄了她，事隔百年以上，也不可能活著啊。

汪聿芃將垃圾袋擱上老皮的車暫放，再拎過自己的背包，臨走前拍了拍車子，「眞是台好車，就是髒了點。」

「哈哈，不洗才有風味！」老皮朗聲笑著，「有種自己是西部片主角的感覺。」

這山區沒有地圖，看來只能憑直覺走，大家認得昨天去的地方離這邊並不遠，但不打算走一樣的路！因昨天那條確定無法接近祭台，所以必須尋別條路走。

「分兩路吧，看誰先找到就電話聯繫！」康晉翊拿出手機留意訊號，幸好訊

號不差。

「好，我的學生我顧。」老皮回頭看著辛銘跟凱忠，「你們確定要跟厚？」

凱忠其實很猶豫，但辛銘回頭威脅式的瞪他，讓他也不敢拒絕。

康晉翊若有所思的望著他們，「想爲金剛報仇的話不可能喔！」

「不是……不是要報仇。」凱忠立即搖頭，「我們有事想要知道……那個八尺大人。」

「好奇心眞旺盛，以後如果考上我們學校，歡迎加入『都市傳說社』。」簡子芸趁機招生了！

康晉翊等人選擇左邊的路，老皮帶著學生們走右邊，兩條路上去後沒幾步就分得更開了，加以中間樹木阻隔，沒一分鐘就看不見彼此了。

康晉翊突然回頭看了看大家，其他人也都各自挑了眉，有種盡在不言中的氛圍。

「好吧，覺得有問題的舉手——」康晉翊話音才落，四個人全部舉了手，「我先來，我覺得這兩個高中生不太對勁，太積極了！有人失蹤跟死亡，還敢出來？甚至來到這裡？」

「更別說辛銘昨晚有到金剛家，他親眼看過現場血液內臟齊飛的場景，一般人嚇到都會躲在家裡了，他還拼命的追過來。」簡子芸亦有同感，「再說，每次我們提到要上去他都會很緊張的勸阻。」

「不知道是害怕禁區，還是害怕什麼？」康晉翊冷冷一笑。

「害怕禁區就不會來了，我覺得他們在這裡藏有什麼祕密，不敢讓人知道。」童胤恒憶起昨天初見面，「別忘了我們昨天被老皮接來這裡時，他們就已經在山上了。」

「說得對，小武跟小豆接連被帶走已是風聲鶴唳，他們嘴上說怕禁區，昨天就在祭台附近晃啊！」康晉翊點點頭，「今天的積極讓我篤定那兩個有問題……等等。」

康晉翊停下腳步，他們剛好在一個小岔路，仔細觀察著地形。

他們之中，社長康晉翊方向感最好，簡子芸最細膩記憶最佳，所以由康晉翊找方向，她負責記憶路徑，相輔相成。

「雖然祭台可能在右邊，但我覺得往左邊這條吧。」康晉翊大膽的推測，因爲右邊的路踏得較平，左邊的階梯不平整且多有覆蓋，表示很少人走。

如果祭台是禁區，那麼就不該有多人踏路的情況。

「妳呢？」童胤恒問向汪聿芃，「除了高中生外，有什麼覺得怪的？」

「老皮，跟他的車子。」她自己看起來也有點疑惑，「他車子超髒的，而且前面還凹得很嚴重，刮痕是新的，表示最近才剛發生過事故吧。」

嗯……童胤恒回想著，車頭的確撞得蠻嚴重的，「我原本也想說是不是發生什麼大事，因爲撞一個凹洞還能開，那台車子很勇健。」

「然後是他，他完全沒換衣服耶！」汪聿芃指向頭頂，「連帽子都沒拿下來過。」

簡子芸詫異的回首，「咦？妳怎麼確定？」

「因爲他右耳上面有一撮白髮跑出來啊，是沒戴好岔出來的，而且好像抹不少髮膠，很硬咧，就在創校五十年紀念的『紀』下面！」汪聿芃筆劃示意著，天曉得根本沒人注意到帽子上有繡字，「結果今天的位置還是一模一樣！」

「妳是說他一整天都沒脫下帽子啊？」童胤恒只是沒看這麼細，但至少確定老皮沒換衣服就是了。

「不然重戴的話，再怎樣頭髮位子會不一樣吧！」

往上踏著階梯，這番話倒讓簡子芸想起了別件事，「說到這個，他該不會沒下車吧？」

「嗄？」這更令人訝異了！「怎麼說？」

「昨天上車後，大家慌張繫安全帶時，有一絲綠線卡在安全帶卡榫上……你有看到嗎？剛上車時我發現那條線還在！」她問向康晉翊，他坐在副駕駛座啊！

康晉翊都傻了，誰會去注意到那個啊？

「我根本……我完全沒留意到這啊！但是如果是線就卡在上面，那一直存在還好吧？」

「當然不是那麼容易，是一半在裡一半在外，如果鬆開安全帶的話——像剛剛他下了車，一拔出扣環就該飛走了啊！」簡子芸邊解釋邊比劃著動作，卻讓康晉翊心頭一涼。

「所以昨天他離開後，便不吃飯不上廁所的困在車上嗎？」康晉翊擰起眉，「這怎麼想都非常不對勁啊！」

「這樣說來，那些師生都怪怪的了……咦？」簡子芸瞇起眼，驀地指向遠方的高處，「那是烏鴉花嗎？」

仰首四十五度的高處，攀在樹上悄悄綻放的紫色花朵，的確像是大花老鴉嘴。

「看來就是那邊了！」康晉翊雙眼一亮，「花會帶著我們前往洞穴，洞穴上方就是祭台。」

大家突然有了衝勁，腳步也輕快起來。

不過，汪聿芃還有個疑問。

「你爲什麼突然沒那麼痛了？還能行動？」她專注的看著童胤恒，昨天還能掄起滅火器砸開金剛房門鎖。

對啊！康晉翊也留意到，童子軍這兩天不會痛到完全廢人狀態了。

「還是痛，但是……」他拿出手機晃晃，「我實在受不了，請教前輩，毛毛學長教我學習共存。」

「共存？」汪聿芃蹙眉，「怎麼個共存法？」

「不要去抗拒她，就是放輕鬆的去聆聽都市傳說的聲音，或許不會那麼痛苦……送走小蛙那天我試著照做，腦子還是疼得受不了，可是我不用力不反抗，就眞的不會有錐心刺骨。」童胤恒露出一抹微笑，「學長眞的好厲害，說不定我能調整到一個更佳的狀態。」

「哇……」簡子芸只有讚嘆，毛毛學長也是創社社員之一，他曾看得見都市傳說的蹤跡，跟汪聿芃的看見實體是不一樣的！

聽說他能看見黑色結晶石，只要有都市傳說的跡象、或他們走過都會留下那種痕跡……爾後因爲都市傳說負傷，負傷處便劇痛難耐，的確稱得上是有經驗値的人。

但這份能力，聽說在畢業後就看不見了。

山路蜿蜒曲折，他們前往難走的路，有許多路甚至都被樹根與草蓋到瞧不見了，走路都要特別留意步伐，但是隨著身邊的烏鴉花越來越多，幾乎可以確定他們接近了。

「總覺得烏鴉花好像在引路似的。」簡子芸覺得有點發毛，「它們都不是一叢一叢開，而是……形成一條路線。」

是啊，大家停下開始拍照，這樣拍過去，烏鴉花眞的形成一整條線，像延伸向後，眞的很像在引路。

因爲如此，氣氛變得更加詭異，康晉翊默默握住了簡子芸的手，像是給予力量與鼓舞，一塊兒往前走。

「你也想牽我的手嗎？」汪聿芃突然舉起手向著童胤恒。

童胤恒瞪大了眼，又氣又好笑的看著她，「我不知道該怎麼回答……妳希望被我牽著嗎？」

嗯……汪聿芃眨了眨眼，「還蠻希望的。」

咦？童胤恒頓時心跳漏了一拍，對這答案有些措手不及。

「不過在這裡牽手不好走吧，到平地再牽好了。」她劃上微笑，聳了聳肩，「走吧！等等他們要找我們了！」

邁開腳步，汪聿芃輕快的三步併作兩步順著階梯而上。

童胤恒一個人呆站在原地，剛剛是什麼狀況？難道汪聿芃對他告白了嗎？她喜歡他？不不，說不定她只是單純想知道牽手的感覺，或是……糟糕！

童胤恒開始覺得心跳加速，完全無法控制的噗通噗通……又不是第一次談戀愛了，只是對於汪聿芃……他一直覺得不可能啊！

默默的關心她、照顧她，但更進一步從不敢亂想。

「祭台！」汪聿芃的聲音打斷了他的思維，趕緊甩甩頭回神，瞧見一點鐘方向的祭台。

這距離比昨天老皮帶他們看到的點更近，而且……看著中間的坡度，說不定有機會可以踩過去。

「先不要貿進。」康晉翊率先出聲，「這裡還是很陡，抓著樹能不能走過去都是問題。」

「從這裡看不見昨天我們站著的高處，我們這裡地勢應該更高。」簡子芸研判著，開始四處張望，「坡度高於五十度，這樣走太危險了！」

「再往上走呢？」童胤恒瞇著眼打量上方，「如果從跟地藏菩薩廟一樣高度的地方過去，是不是比較好走？」

「走稜線嗎？」康晉翊蹲下身子，仔細勘察地形，「那個凸起的山丘，無論如何都得先經過一段陡坡才能到達中央的地藏菩薩。」

「減少行走斜坡的面積就好，我也贊成往上走。」汪聿芃已經迫不及待了，焦急的朝上頭走去。

「妳慢點！」童胤恒一把拉住她，「就算妳敢走，也要先確定地會不會滑，不要這麼躁進！」

汪聿芃回頭望著他，再看向自己的手，居然衝著他給了一個微笑。

這笑衝擊得童胤恒七葷八素，他陷入放手也不是、握著也不是的尷尬；幸好康晉翊他都沒把心思放在他們身上，還在盤算著從哪邊走會是最安全又最短的距離。

大家焦急的再往上爬去，看起來是接近了高度，但是路卻往左偏，反而更遠離祭台了；簡子芸立即喊停，這樣走下去，只會離祭台越來越遠，還不如返回剛剛的地方。

汪聿芃不信邪的硬跑一段，確定路沒有再往右彎，的確持續向左後，也就跑

了回來。

「眞的，再走下去就是越來越遠，比昨天我們看的地方還遠，而且已經到看得見烏鴉花山谷的地方了。」她再度借過借過的一馬當先，又往下走去。

「欸……汪聿芃！」康晉翊被推得無奈，「妳趕什麼時間！就算到了也不會讓妳第一個跑！」

汪聿芃根本沒在聽，這急得童胤恒連忙緊追在後，兩個人本是運動健將，走起路來比康晉翊他們倆都快得多，殿後的簡子芸回頭瞥向祭台，突然拉住了康晉翊的衣服。

「你看，烏鴉花！」她指向祭台。

「哪裡？」康晉翊引頸張望，什麼都沒瞧見，「那邊是地藏菩薩廟，不太可能有烏鴉花才對！」

記得以地藏菩薩爲界，就停止生長的烏鴉花嗎？如此一來，那花就更不可能生長在地藏菩薩廟前了。

「但眞的有，你仔細看，廟與祭台中浮出的是什麼？」簡子芸直指上方，隱晦得很，但眞的有看到幾朵小花。

康晉翊索性拿出手機放大拍照，再放大照片——「咦？」

「對不對！」浮出石頭的只有一兩三朵花瓣尖端，但的確是烏鴉花！

「欸，你們看！」下方五公尺處的汪聿芃也傳來聲音，「這裡可不只我們來嘛！」

因爲返回來，這角度才讓汪聿芃瞧見了！她剛剛流連的樹邊，卡著一個東西，童胤恒拗不過她，充當支點拉住她的手，讓她踏腳探身出去，在陡峭的斜坡上撈起那莫名其妙的物品。

一個塑膠管子，上頭沾滿了土，一看就知道是呼吸器。

「這是氣喘的人使用的，藥放在裡面好送藥。」童胤恒接過來查看，「不過氣喘的人會爬到這裡來嗎？」

「這種有時是以防萬一，還是有很多輕微氣喘登山者啊！」簡子芸他們也跟著走下來了，「欸，我剛發現祭台跟廟中間居然有開烏鴉花耶！」

童胤恒跟汪聿芃同時一愣，「怎麼可能!?」

「我拍到了！眞的！」康晉翊將照片轉給他們兩個瞧，完全打破了他們以爲烏鴉花無法越過地藏菩薩分界的想法。

同時，簡子芸也拿過了呼吸器，「裡面還有藥耶，看起來……嗯？」

她把土撥掉些，看見呼吸器上有個褪了色的貼紙，「皮？」

「什麼？」康晉翊連忙也拿過來看，「皮什麼……元？」

「老皮！老皮的名字就叫皮上元啊！」汪聿芃接了口，瞪圓眼睛看著那呼吸器，「哇靠，他有氣喘喔！我看不出來耶！」

「我也看不出來啊……」童胤恒擰起眉環顧四周，「不對，他來過這裡？掉了呼吸器嗎？這鐵定不是今天的事！」

「要煩惱的是他現在帶著學生從另一邊往上爬，萬一氣喘發了怎麼辦吧？」康晉翊焦急的趕緊拿回手機，撥打了老皮的電話。

汪聿芃倒是從容，把玩著呼吸器，「說不定他有備用的，我們幹嘛這麼緊張！」

咦欸？四個人一怔，不由得面面相覷笑了起來，說得也是喔，真的有氣喘的人自己會更在意吧，他們真的是窮緊張了！

康晉翊笑著才想掛掉電話，手機鈴聲卻響了起來。

叮拎拎拎，清脆的音樂在山林中迴響，讓他們一秒挺直背脊，汗毛直豎；康晉翊與簡子芸吃驚的看著眼前的童胤恒與汪聿芃，他們兩個則是越過康晉翊的肩頭，朝他們身後望去。

最後，四個人終於轉身，緩緩的朝著手機鈴聲的方向看去。

祭台。

「嘿咻！」老皮踩上了一階又一階的階梯，快步的往前走。

「老師……老師等等！」被甩在後面的辛銘與凱忠嚷嚷著，「你太快了！」

凱忠不禁疑惑，拉了拉辛銘的衣服，「老師怎麼可能走這麼快？他不是有氣喘嗎？」

辛銘聞言略微回首，「還、還好吧……」

老皮在上頭停下腳步回過了頭，「你們兩個，年輕人體力這麼差！」

辛銘與凱忠好不容易才跟上老皮腳步，硬撐上去時，兩條腿都沒力了。

「老……老師你好厲害！」凱忠小小聲的說，「你沒事吧？」

「我？我爲什麼有事？」老皮雙手扠腰，一派自然。

「你、你不是有氣喘？走那麼快我們是擔心萬一病發……」

「放心，老師有呼吸器啊！」老皮把手放入口袋裡，卻狐疑的發現沒有！接著開始找遍全身上下每個口袋，卻都不見呼吸器的蹤跡。

但隨著他這樣上翻下找，辛銘跟凱忠的眼神卻越來越難看，辛銘嚥了口口

水，緊張到手汗直冒。

「老……老師？」他小心翼翼的問著。

「我的呼吸器呢？怎麼不見了？」老皮皺起眉焦急忙慌的尋找，「哎呀，我沒有呼吸器不成的，萬一發病就完了……」

接著他一頓，緩緩抬頭看向了辛銘與凱忠。

凱忠抖著身子躲在辛銘身後，顫巍巍的搖起頭來。

「老老師……」

「對啊，我的呼吸器呢？」老皮劃上微笑，「我想起來了！是你們拿走了！」

「不……不是……」辛銘臉色刷白，老師這是在演哪齣，「你沒有備用的嗎？」

「你們這樣不行啊，有氣喘的人呼吸器非常重要的，怎麼可以拿走呢！」老皮微笑劃得更深了，朝辛銘伸出手，「還給老師吧！」

辛銘完全不知道該怎麼回答，他仰首看著老師，急著想把躲在他身後的凱忠往前推，兩個男孩互相推拖，卻誰也無法回答老皮的問題。

然、後，鮮血從老皮的鬢角上，緩緩流淌下來……

「……辛銘！你看老師！」凱忠驚恐的指向老皮。

「你們沒有嗎？奇怪了……」老皮有點失落，「我昨天問金剛要時，他也說沒有呢？」

辛銘心底頓時一涼，「問……問金剛？」

「是啊，昨天半夜我去找金剛時，他也是說不知道……」隨著老皮笑容更深，額上拼命涔涔流下鮮血，「但是我記得明明是你們拿走的啊！」

昨天半夜？凱忠腦袋一片空白，那個逼得金剛開窗逃難，也不管八尺大人在外面的人是老師？

問題是，老師是怎麼進入金剛房裡的？

「啊啊……」辛銘顫抖著腳往後退，看著老師已然血流滿面，他的右腿甚至一蹲低，喀嚓一聲骨頭就，斷了！

「好孩子應該要道歉了喔！」

「哇啊啊——」

第九章
祭台的祕密

童胤恒嚴肅的抬頭，突然停止行動，他聽見了隱約的慘叫聲。

「聽見了嗎？」

「聽見了！」汪聿芃跟著點頭，在很遠的地方，好像有人在慘叫，「聽起來很像辛銘的聲音。」

「感覺眞差。」童胤恒抱怨著，踏出左腳踩穩地面，「妳穩住再過去喔！」

他們四個人，決定一個帶一個的，冒險前往祭台。

剛剛無論康晉翊打了幾通電話，手機鈴聲都來自於祭台那邊；問題是老皮早上才聯繫他們吃早餐，剛剛又完全沒到過這裡，爲什麼他的手機會遺落在祭台這兒？

山林間的坡度的確高達五十度，所以非常的陡，雖然多有樹木，但不小心還是會往下滑，因此一個人先站定點，帶另一個人過去，便可以一棵樹換過一棵的前往祭台。

越靠近祭台，大家便開始嗅到了濃郁的花香。

「我都不知道烏鴉花味道有這麼濃？」簡子芸覺得不安，「那天整個山谷的花都沒這麼強烈的味道啊。」

「妳別再走，我走前面。」康晉翊憂心的喚住她，寧可由他一馬當先。

但是身邊一個人影更快，汪聿芃幾乎不太需要大家互相拉扯，她只消扣著樹，一棵一棵的置換，眨眼間就越過了先出發的康晋翊與簡子芸，一路直抵祭台邊。

「叫妳慢點！」童胤恒沒誠意的喊著，反正沒用。

「這裡沒有踏足點喔！」汪聿芃來到了祭台下方，附近幾乎完全沒有樹，「真的要走稜線了。」

祭台在小山丘的最高處，真不懂以前的人到底是怎麼過來的？

只見汪聿芃深吸了一口氣後，伏低身子穩住重心，大跳一步上前，踏出的右腳登時就往下滑了！

「汪聿芃！」童胤恒緊張得捏一把冷汗！

她的確向下滑，但是立刻蹲下身子用手當煞車，乾脆用爬的爬上去，這樣反而穩當得多！

「欸，用走的太危險，用爬的剛剛好呢！」她揮著手，開心的在稜線上揮舞。

唉，童胤恒覺得心臟都快停了，真的要這麼嚇人嗎？

簡子芸如法炮製的開始爬行，的確便利得多，不小心向下滑動時，腳跟還能抵住好煞車。

先抵達的汪聿芃小心翼翼的觀察著祭台。昨天，八尺大人就是坐在這塊石頭上……她張開雙臂，這石頭長度比她伸展開後還要長，論寬度至少也有五十公分寬，是塊相當大的扁石。

下方就是用一塊巨石當桌腳撐著，兩旁的火把都只剩竹竿的殘骸了，從祭台外往裡望，可以看見那迷你小廟，還有從祭台裡冒出的烏鴉花。

伸手一摸，貨眞價實的花朵。

「眞的是烏鴉花，我以爲它們懼怕地藏菩薩。」汪聿芃邊說，一邊掩鼻，「這花香也濃到太噁了，比百合還扯！」

「有花香我就覺得不對了。」簡子芸語重心長，烏鴉花不該有這麼強烈的香氣，否則昨日在山谷裡，大家早就被薰暈了對吧？

汪聿芃攀著祭台扁石繞到裡頭，蹲下身子接近小廟，想看清楚裡頭的地藏菩薩。

妙的是，裡面不是神像，而是跟放在其他地方一樣的方柱體。

「這有扯到！這也能祭拜？」她起了身後退，讓康晉翊閃身往前，「是那個柱狀體啊！」

「不是神像？」簡子芸緊皺著眉，「這樣也能祀奉嗎？」

大家都想要看一眼廟裡的狀況，汪聿芃跟著後退，穩當的靠在祭台邊緣，烏鴉花是攀著祭台下方攀上來的，她回頭望著攀上來的花朵，後退的腳直接拐了一拐。

「唉！」所幸剛到的童胤恒即刻拉住她。

「就叫妳……」童胤恒低頭看去，本想叫她小心腳下的，但是卻看到了熟悉的東西，「這什麼？」

他彎下身子，從汪聿芃腳底抽出了一把小型的簾刀。

「……這是老皮的刀子嗎？」康晉翊一眼便認出，昨天爲他們砍掉路障垂樹的小刀子！

「對啊，是那把刀！我印象很深，他很……」簡子芸邊湊近邊說著，卻突然頓住了。

有一雙腳在祭台下，那是雙褐色的登山鞋，這兩天他們都見過的……

所有人順著她視線紛紛回頭，祭台石腳下有個凹洞，有一隻腳卡在外頭，穿著米白色的褲子，褲子上有許多口袋，而腳上是他們熟悉的鞋子。

童胤恒嚴肅的立即將汪聿芃拉開，他們也跟著後退，烏鴉花就是從這個洞穴生長出來……康晉翊戰戰兢兢的拿出手機手電筒往下照去——

是老皮。

「呀——」簡子芸忍不住驚叫，一轉身往康晉翊身邊偎去。

儘管他全身上下已經被烏鴉花的藤蔓包滿，但那身衣服、那頂帽子，都是老皮的沒有錯！

啊啊，汪聿芃想起來了，昨天在金剛房門外時，她聽見他高喊：走開！救命——你滾開！

「這味道是在掩蓋屍臭嗎？」康晉翊不可思議的看著怒放的花朵，全身發抖，因爲屍體明顯的在腐爛了！

汪聿芃緊抿著唇湊上前，握著童胤恒的手腕移動光源。

「看，頭髮。」她開口，濃烈的花香便撲鼻而來。

老皮爲什麼有一戳頭髮像塗了髮膠般，向上翹著不動？那是因爲他的耳朵上方，插進了一根樹枝，樹枝迫使一綹白髮豎立，穩穩的卡在紀念的『紀』下方。

連童胤恒都忍不住反胃，別過頭去。

「老皮已經死了？」康晉翊簡直不敢相信，「那這兩天跟我們在一起的是誰？」

「沒換衣服沒脫帽子，就是因爲這樣嗎？」簡子芸全身開始顫抖，「天哪！

他為什麼要找我們？他為什麼……咦？」

簡子芸倏地想到了什麼，震驚地抬起頭——學生！

「那群學生一定知道什麼，昨天他們初見到老皮時臉色超難看的，老皮還說……你們是見到鬼嗎？」童胤恒恍然大悟，是啊，金剛他們的確是一副見到鬼的模樣！

不遠處傳來奔跑聲與叫聲，汪聿芃倏地向右看去。

「我更想知道，昨天逼得金剛開窗的人是誰！」

「哇啊！救命啊！」才在想著，凱忠跌跌撞撞的身影居然奔來了！

不得說人的腎上腺素真的太強大，凱忠是踩著這斜坡一路狂奔而至，不管途中有多少次差點滑倒，都能立即穩住重心的再度起身衝過來。

「啊啊——」後頭又是一陣慘叫，一個人影狼狽的滾落，一路撞著樹而下去——咚、咚！砰！

是辛銘，聽聲音骨頭好像都斷了似的。

「救命！老師瘋了！不……那不是老師！」凱忠哭哭啼啼的，童胤恒沒有思索的立刻迎上前，一把接過了他！

「凱忠！」老皮的聲音立刻響起，他走在後頭，神色自若，走得順暢自在，彷彿這斜度對他而言宛若平地。

跌跌撞撞的凱忠身上早已全是傷，而且不只是摔傷，有許多撞傷的痕跡，康晉翊把他拉到中間，由他們四人團團包圍住。

老皮緩下腳步，朝左下方看一眼不動的辛銘，再看向汪聿芃。

「他們突然慌了，可能是害怕吧！」老皮還是那副溫和面容。

「他們如果看到祭台下的東西，應該會更害怕吧！」汪聿芃聳個肩。

祭台下？剛好就被包在祭台中間的凱忠一怔，下意識往下望去……他看不清楚，但光看到露出那隻腿就知道是誰的了！

「哇啊！哇啊啊——」凱忠嚇得往旁邊逃，康晉翊趕緊攔抱住他。

「不要慌！你這一慌會跟辛銘一樣摔下去的！」他低吼著，但根本叫不動歇斯底里的男孩，簡子芸完全二話不說，上前直接甩上一巴掌！

啪！響亮的巴掌聲讓童胤恒都嚇一跳的回首，副社好凶啊！

「鎮定點。」簡子芸不悅的說著，「我不相信你們不知道老皮已經死的事情！」

凱忠果然不再崩潰，但是全身抖得誇張，淚如雨下，「不知道……我們以為……我們不知道……」

童胤恒把手上的呼吸器朝老皮手上扔去，他準確的接住。

「啊，你們找到了啊！」他微笑著，「都是那些調皮的學生，把我的呼吸器搶走了……」

他一邊說，下方傳來窸窸窣窣的聲響，原來是辛銘醒了過來，掙扎的往下方爬去。

「老師，……對不起、對不起……」辛銘邊爬，一邊嗚咽哭喊著，「我們不是故意的！」

老皮看了看躲在大家後面的凱忠，腳尖一轉，走向了辛銘。

「不！」凱忠見狀恐懼得尖叫起來，「對不起！老師！我們真不知道會這樣！求求你不要——辛銘！」

聽見尖叫的辛銘回首，血滴進他的眼裡模糊著視線，但他仍舊可以瞧見朝他穩當走來的老皮。

「啊啊……」辛銘不顧一切，試圖讓自己一路滾下去。

老皮的步伐絲毫不受到滑行之苦，穩穩的走下，這一點都不意外，畢竟從昨天開始，出現的就不是人。

康晉翊不悅的倒抽一口氣，扣著凱忠的手一搖，「說話！怎麼回事？」

「是金剛……金剛的錯！」凱忠哽咽的嚷嚷著，「他討厭皮老師管太多，說他囉唆，是他說要整老師的……」

那是六天前的下午，他們報名了植物社的校外考察，但其實是要溜出去玩，但皮老師嚴格的不讓他們跑，不但強硬帶他們進森林考察，還說只要不聽話就要記警告。

金剛與老師最後起了衝突，最後負氣的往禁區奔去，說老師要敢進去禁區教學，他們就乖乖聽話！

怎麼知道老皮眞的從容不迫，帶他們來到禁區，對所有植物如數家珍，讓金剛啞口無言；但他不服輸，對老師出手，在階梯上推倒老師時，呼吸器滾了出來，然後辛銘拾起後，大家就跟老師玩起了拋來拋去的遊戲。

呼吸器在他三個之間拋來拋去，讓皮老師疲於奔命，好幾次傳到他手上他都想還給老師，卻懼於金剛，只能再度扔出去。

「後來金剛把呼吸器扔得很遠，故意要老師去撿時，好讓大家逃走！」凱忠抽抽噎噎，「然後還故意把老師的車移到前面的小坑推下去，車子就卡在斷樹上……老師後來一直沒來上課，我們都擔心他出事，但接著發生小武的事，昨天大家都受不了了，金剛說要上來看看……就遇到了皮老師帶著你們過來！」

他們以爲老師是沒事了，昨日的恐懼只是怕被懲處而已！

「因爲氣喘發作而死的嗎？」童胤恒瞥著烏鴉花下的屍體，「這樣的確是學生害了你。」

汪聿芃上前一步，看著老皮已經到了辛銘身後，一把伸手揪住他的頭髮。

「所以，昨晚你去找金剛嗎？」她好奇的，始終只有這一點。

「哇——」辛銘被揪住頭髮，恐懼得大叫著，「放開我！放開我——」

老皮從容不迫，揪著辛銘的頭髮一路往上拖，瞧他拖得輕鬆寫意，下頭的辛銘全身刮過樹根石頭，疼得鬼吼鬼叫。

「是啊，你們看到那囂張的男孩，也是有嚇得屁滾尿流的一天啊。」老皮微微一笑，用慣有的溫和語氣說著話，「他們也應該感受一下，我歷經的恐懼啊……」

「都只是學生！他們就……就是劣根性強了點，應該不是故意要害你的！」簡子芸趕緊出聲求情，凱忠已經腳軟到癱在地上了，「看看凱忠，我眞的不相信他有這麼壞心！」

老皮冷冷的望著他們，感受著手裡死命掙扎的辛銘。

「這些學生殺了我，我就不能多做一些事嗎？」老皮劃滿笑容，抓起辛銘的頭冷不防就往一旁的大樹上砸了下去！

汪聿芃嚇得直接倒退一步，誰讓辛銘頭顱敲上樹的瞬間，前額骨碎裂的聲音如此響亮！

「哇啊——」慘叫聲旋即傳來，辛銘疼得嚇傻了。

「我、說、我、有、氣、喘！」老皮狠狠的抓著辛銘的頭一下接著一下的往樹上砸，「你們沒人當一回事！我說的所有話，大家都不當一回事——」

磅磅磅——所有人都僵住了，看著老皮手上的圓體變成扁狀，辛銘曾幾何時也沒了聲響，整顆頭被敲爛，僅存老皮他抓著頭髮的部分。

凱忠得攀著祭台才能勉強站立，一起身看見的就是只剩後腦杓頭殼的辛銘，嚇得僵直身子！

「唉……」老皮甩掉了手裡帶髮的頭殼，蹙著眉看向辛銘的屍體，「眞不中用。」

「接近我們的目的是什麼？」汪聿芃突然開口問，「你跟我們說的白紫姑娘是眞還是假？」

老皮甩著手上的血，幽幽的看向她。

「是眞的，我死了才知道這些事，也才知道當初我爺爺爲什麼這麼怕這座

山……」老皮開始朝他們走來，「別看我這樣，我也有一個十三歲的兒子……總是不希望他也被白紫姑娘看上。」

「所以你想透露什麼給我們知道？」童胤恒不明白老皮的用意。

「我不該死在這裡的，我不該帶他們到這裡來，不該……」老皮喃喃說著，目光凶惡的看向了凱忠，「都是你們這群敗類害的——」

說時遲那時快，老皮居然殺過來了！

「閃開！」童胤恒大喝一聲，康晉翊拽著凱忠就往地藏菩薩廟裡閃去，他們能躲的位子不多啊！

汪聿芃手上握著剛剛撿的小鐮刀，直指向老皮的手卻還微微發抖。

「妳確定？」老皮突然煞住了車，「用我的刀？」

「地藏菩薩在此，如果你不是人的話，你來試試！」汪聿芃這些話一點兒說服力都沒有，每個字都在抖啊！

簡子芸扯著凱忠想繞到地藏菩薩廟後方去，但後方就是更可怕的陡峭山谷，下頭就是昨日見到的烏鴉花谷啊！

老皮瞄了眼廟旁的動靜，殺氣騰騰的，看來沒打算放過凱忠。

「你們眞以爲那種東西能妨礙我？還地藏菩薩？」老皮斜衝向康晉翊那方

向，「我要先收拾掉未來社會的敗類！」

「他們不是故意的，就算是也要交給法律——」童胤恒一咬牙，側身衝撞向老皮！

就算知道老皮不是人，但也是要盡力一試啊！

老皮瞬間被撞開，但也只不過退了兩步。汪聿芃冷不防跳奔而上，將鐮刀一把插進了老皮的頸項。

汪聿芃！童胤恒嚇傻了，她怎麼這麼衝動？

老皮紋風不動，斜眼瞪向了巴在他頸子上那把刀與汪聿芃……「看見白紫姑娘的人哪……眞可惜了！」

餘音未落，他直接甩開汪聿芃，她是半飛的姿態向後被甩去，重重撞上鄰近的樹而落地！

「呃啊——」痛……汪聿芃摔上地時，覺得自己脊椎要斷了！

「汪聿芃！」童胤恒焦急的欲滑下救人，誰知竟被一把抓住！「哇——」

他驚恐地看向抓住他的老皮，簡直不敢相信，「你是老師！老皮！你是教育英才的老師，你怎麼會這樣殘忍！」

「老師，想要的是培育出有價值的學生——不是殺了我的學生！」老皮怒不

可遏，伸手就要襲向童胤恒！

但同時間，一陣刺痛進了童胤恒的腦門——唔！

從地藏菩薩廟的後方，驀地翻出一道白色的身影，準確的撲向了老皮，還跳上了祭台。

高大的女人逮著老皮的頸子，康晉翊瞠目結舌的看著浮在半空中的老皮，梗在喉頭的話不敢說出：八尺大人？

老皮沒來得及說上半句話，八尺大人一動手就將他的頭撕離頸子，接著一隻一隻的拆卸他的四肢，甚至將身體拆成了兩份。

趴在下方的汪聿芃半晌說不出話來，看見老皮在慘叫聲中被撕成多塊，撒到空中後頓時消散，然後八尺大人跳下了祭台下方，一眨眼的工夫，鏟出了老皮的屍體，狠狠的朝遠處拋去！

媽呀！汪聿芃趴在地上，不希望老皮飛越過的屍體有什麼掉在自己頭上！拜託！

重物滾地聲沙沙窣窣，漸而遠去，聽起來老皮被扔在很遠之處。

「汪聿芃？」簡子芸咬著牙說，是那、個嗎？

康晉翊緊緊抱著簡子芸，他們中間則是驚恐的凱忠。

八尺大人轉過身，面對了地藏菩薩廟旁的康晉翊三人，斜眼睨了凱忠一眼，接著卻轉向右方，看著童胤恒。

烏黑的長髮垂落，她緩緩蹲下身，用特長的手指頭逼向童胤恒。

「不要碰他！」汪聿芃用盡氣力喊出聲。

八尺大人倏地回眸瞪向她，只是勾起一抹笑，起身雙腳用力一蹬，直接跳躍翻過了地藏菩薩，落到了後方該是烏鴉花山谷之處。

簡子芸即刻探頭往後望去，沒有一絲藤蔓或烏鴉花有風吹草動。

「啊啊……啊啊啊——」凱忠開始歇斯底里，「我看見她了！我看見她了！」

「什麼？」康晉翊連忙握著凱忠雙肩搖晃著，「你確定？」

「我看見八尺大人了啦！她選中我……我不要！」才剛從阿飄手上死裡逃生，一轉眼又成了八尺大人的後宮人選，凱忠崩潰得嚎啕大哭。

簡子芸緊揪著胸口，剛剛是怎麼一回事，她完全無法反應……要攻擊童子軍的老皮突然浮在半空中，接著被撕成碎片，接著祭台下的屍體又倏地飛起，飛下了……不！像是被拋向遠方！

「我的天……剛剛是八尺大人救了我們嗎？」連康晉翊都覺得這幾個字很扯，「這是怎麼回事？」

爲什麼八尺大人會出手？難道是因爲老皮想要攻擊她的獵物——凱忠？

驚魂未定的童胤恒第一時間踉踉蹌蹌的滑奔向汪聿芃，趴在地上她動彈不得，咬著牙忍著淚水握住他伸來的手。

「很嚴重嗎？骨頭是不是斷了？」童胤恒都快急哭了。

「等等……等等就知道……」她用力的握著他的手，「我手還能動，腳趾可以，脊椎應該沒斷吧？」

童胤恒痛心得說不出話，只能陪著汪聿芃，等她恢復。

「我打電話報警，童子軍，你陪著汪聿芃！」康晉翊把凱忠挪到地藏菩薩廟前。

餘音未落，警笛聲竟鳴起，由遠而近，疾速的接近！

咦？大家都相當錯愕，康晉翊手機才剛拿出來咧，他還沒報警啊！

汪聿芃咬牙希望自己能快點動，撐著身子試圖看看是否能起身，而一抬頭，看見的卻是眉頭緊鎖的童胤恒，若有所思。

「怎麼了？」她狐疑的問著，童胤恒握著她的手更緊。

「我看見她了。」

第十章 皮老師

老皮的屍體覆上白布，由擔架送上救護車，由於形體還算完整，加上最後在校被目擊的時間，也差不多一週前，因此死亡時間並不會超過一週……但是全身上下被烏鴉花穿過生長，這點倒是匪夷所思，他像個沃土，讓烏鴉花在一週內發芽、成長、茁壯，甚至還能開花？

烏鴉花原本就與傳說中的白紫姑娘有關，再加上八尺大人近來造成的詭異事件，讓O鎮再蒙上一層陰影。

遺憾的是，老皮的死卻與八尺大人無關。

報警的是剛剛跟他們亂聊的長辮女孩，她似乎有些特殊體質，因為在她眼裡的老皮是腐敗的模樣，駕著的車也殘破不堪。

所以，警方也在日常老皮停車的附近小山坳，找到了被金剛推下去的吉普車，那山坳不深，所以即使老皮開著車子再度出現，金剛他們也只是以為老師找人吊出來而已。

「不是故意的……真的！」凱忠抽抽噎噎的哭嚷著，「我一直說不要，可是很怕金剛他們，只好扔、扔著老師的呼吸器玩，後來、後來金剛他丟掉時，我就被拉著離開了！」

警察做著筆錄，相互看著，一切盡在不言中。

「我家凱忠很乖的，他就是怕金剛那孩子霸凌，才會言聽計從，他不是殺皮老師的凶手！」凱忠的父母焦急的求情，「呼吸器不是他搶的、也不是他扔的……不對啊！皮老師也不算他們殺的吧？」

「對對，皮老師應該是自己跌倒或怎麼的才死的吧！」父親暗示得也太明顯。

「老皮如果是因爲氣喘而死，那他們都是殺人凶手，就是因爲他們搶走了呼吸器！」康晉翊不爽的出聲，「如果是因爲痛苦而摔落，那也是他們害的，無論如何他們三個都脫不了關係。」

雖然金剛有一半已經被八尺大人帶走了，而辛銘……大家看著也送上車的辛銘，全屍是在，不過那顆頭已經完全只剩後腦殼了，唯一剩下的就是凱忠了。

「就說不是故意的，他是被脅迫的！」母親氣急敗壞的瞪著康晉翊，彷彿他在陷害他兒子似的。

「故意無意，都是一條命。」簡子芸溫柔的說著，「皮老師終究是因他們而死。」

凱忠啜泣的看向他們，又嗚咽的哭了起來，父母只能難受安慰著他。

只是現在他該擔心的不是罪刑，而是他剛剛瞧見了八尺大人。

「為什麼老皮會死在祭台那邊？」汪聿芃不解的是這點，經過一個小時後，她除了背部疼外，一切都已恢復正常，「你們那天是跑到那邊玩嗎？」

凱忠點點頭，原本是刻意要整老師的，但是……

若不是今天被皮老師追殺，他也從未想到能跨過陡坡，一路衝向祭台……嗯？不對啊，凱忠自己都錯愕，他是怎麼跨到那邊去的？

他們跑著，喊著救命，然後聽見學長姐的聲音在附近，才順著聲音的方向奔去……事實上逃命時誰都沒看路，根本不記得自己是怎麼跑到那裡的。

「他怎麼卡在那個洞的比較厲害吧？」童胤恒也不忍蹙眉，因爲那位子如此難走，他的頭又有穿刺傷，就……很像是滾落到下方凹洞裡的姿態。

問題是，祭台在最高處，老皮要先走過去、再掉落，而且說實在話，廟與祭台間沒有多少距離能讓他滾落。

他在上頭，發生了什麼事？

還有，「我不該死在那裡的！」又是爲什麼？

由於凱忠涉案重大，照慣例應該要帶回警局，但是他哭喊著看見八尺大人，這又讓警方騎虎難下了！

大家紛紛朝「都市傳說社」投來炙熱的視線，遺憾的是，這次他們愛莫能助。

「求求你們！」凱忠哭著跑過來，二話不說就跪下了，「我一個人不行的，八尺大人會帶我走的！」

「不會的，你就乖乖的不要開窗開門，先等到明天早上就會沒事的。」康晉翊試圖將他拉起，「詳細的辦法我們會告訴你爸媽！」

「你們不能像去金剛家一樣陪著他嗎？」母親也過來求情，「小武時你們也是……」

「抱歉，我也看見了八尺大人。」童胤恒沉著聲，說著令人驚訝的事。所謂只找未成年男性的八尺大人，二度找上了成年男子。

「怎麼會……騙人的吧？你們不想幫我家兒子是不是？」母親果然立即起疑。汪聿芃翻了個白眼，事實上她覺得連跟他們解釋都不需要，他們沒有義務啊！

「我們另一個同伴也看到過，就在小武被抓時，那時因爲沒有同時看見的少年，所以你們不知道。」簡子芸耐性的說明，「但今天不同，我們必須把心力放在我們的同學上。」

「你……你們都這麼熟了，自己應該會處理吧！」凱忠爸爸急忙過來，「我家凱忠才十五歲，他什麼都不知道，你們就挪兩個人過來幫忙也無可厚非啊！」

「不要！」汪聿芃不耐煩的趨前，「不需要沒必要，而且我們對你們整個鎮上的任何人，沒有絲毫的義務！又沒欠你們！」

這一次，沒有人阻止汪聿芃，因爲大家也都精疲力盡了！

受夠了一再的被利用後又被人嫌棄，受夠了一有事就找他們義務幫忙，受夠了拿命跟危險去拼，他們對都市傳說的熱愛是屬於自己的喜愛，不代表非得要去協助任何人。

康晉翊不再當那個理智的好好先生，簡子芸的溫柔原本就帶刀，比康晉翊更有原則，即使熱情如童胤恒，他現在更是泥菩薩過江，自身難保了，哪有閒情逸致再去搞什麼助人爲快樂之本！

要救人之前，先救自己吧！

至於汪聿芃，從來到這一帶後她就是心不甘情不願，一心急著想走，而且她最早厭惡這些人的嘴臉，誠如她說的，他們沒欠任何人。

以看得見都市傳說的她來說，今天就算她站在街上欣賞八尺大人帶走任何人，也是她的自由，她沒有拯救任何一個少年的義務，更不需要試圖去阻止八尺大人。

一堆事，都是多做的。

全是該死的多此一舉，然後才走到八尺大人識破他們全部伎倆的境地，她現在看上了童胤恒，汪聿芃卻已經黔驢技窮，她該怎麼辦？方法都拿去救別人了，現在眞正在意的人即將出事，她腦子想破了都想不到辦法！

總不能叫童胤恒一輩子關在O鎭裡不出來吧！

思及此，她就會怒從中來，接著看見凱忠父母那種嘴臉、O鎭其他人的眼神，看了她就火大。

「我們可以走了吧！」汪聿芃拉過童胤恒，轉身就離開。

「不！等等！等一下！」凱忠欲往前追，但他是嫌疑人，警方哪可能讓他跑離，即刻就攔下他。

後面傳來哭求與咒罵聲，凱忠的家人無法諒解他們的見死不救，就跟康晉翊無法理解他們不把童胤恒當一回事是差不多的道理。

當童子軍剛剛說他瞧見八尺大人時，他們的心中就再也裝不下其他事情了！

爲什麼又一個成年人？爲什麼又是他們其中一員？

「她有對你說什麼嗎？」一進旅館，康晉翊便焦急的問童胤恒，「你知道我們什麼都看不見，我只看到老皮……老皮的鬼被撕成碎片，然後往空中一扔就散成灰了。」

「她只是逼近我，嘴裡發著剝剝剝的聲音……」童胤恒心情也相當沉重，「但是我似乎沒有被迷惑。」

「應該不是現在，金剛他們第一次見到後也沒有被迷惑不是！」簡子芸緊張的拼命深呼吸，「但是今晚得先熬過去，晚上一旦見到八尺大人，就會戀上她……金剛的眼神我可忘不了！」

陶醉、愛戀，痴迷得不可自拔。

「我覺得……會不會是因爲都是青少年的關係？大家都很年輕又懵懂，見到她就……」童胤恒若有所指的瞥了站在窗邊的汪聿芃，「因爲心裡沒有人。」

「她看童胤恒的眼神很奇怪。」汪聿芃回頭看著他，「她特地端詳了你。」

童胤恒倒抽一口氣，「這種形容很可怕！」

「我親眼看見的，她沒逼近你嗎？」汪聿芃轉身走回，顯得心浮氣躁，「還伸手想摸你的臉！」

童胤恒當時根本懵了，他滿腦子只想著爲什麼會看得見八尺大人，其他事完全無法思考。

「這樣下去不行，想找白紫姑娘的來由，結果洞穴沒去成，還多了條命案，什麼頭緒都沒有！」康晉翊趕緊拿出手機，「我希望小蛙他們能有點線索！」

「才一天，就算他們立刻找到替代的地藏菩薩也來不及！」簡子芸邊說，又拎起包包出門，「我要去買點東西預備著。」

「預備什麼啊？」康晉翊趕忙拉住她。

「我不管O鎮有多少神佛，該請的我都請回來啊！」簡子芸慌亂到開始病急亂投醫了。

「唉，妳冷靜點！小蛙那時用的還有啊！」康晉翊指向了還擱在桌上的佛像，「他們離開時我們拎回來了記得嗎？」

簡子芸看著佛像，皺緊的眉憂心忡忡，淚水不自覺的滑落。

童胤恒見狀也無法輕鬆，但是慌亂是於事無補的，「喂，副社，我還在啦，不必太早哭！」

簡子芸聞言抬頭，隨手抓過床上的枕頭就往童胤恒身上扔，「都什麼時候了還開玩笑！」

「喂！小蛙都能躲過一晚了我不行嗎？」童胤恒反手接住，「金剛是因爲老皮去找他，可我又沒惹到誰！」

是啊，金剛昨天的歇斯底里，正是因爲老皮介入吧！

「換句話說，今晚凱忠應該也會差不多的狀況囉？」汪聿芃盤算著，「老皮進屋索命、他就會嚇得逃竄，八尺大人再順手帶走他？」

「這樣也沒解我的困境，她一次挑兩個。」童胤恒攤攤手，「反正我就乖乖待在屋子裡睡覺就好。」

「對，能捱一天是一天，只是現在起你連出門都不行了。」康晉翊覺心煩的是這點，「沒找到辦法前，你離不開室內。」

汪聿芃再度坐上床，又把自己蜷成一團，像是陷入沉思一般，誰都不敢打擾她，畢竟之前兩次方法都是她想到的，說不定她這次也能讓童胤恒逃出生天。

「妳要不要躺下休息?不是摔得很重?」童胤恒走過去，溫柔的問著。

汪聿芃看向他的眼神，帶著點怒氣、難過與煩躁。

「我是不是說過走了就好?」她咬著唇，不爽的搥了他一下，「都有一個小蛙的前例了，大家眞的……」

不耐煩的深呼吸，又嘆氣，她渾身都散發著煩死了的電波。

「對不起。」童胤恒只能這麼說，輕輕的握住她的手，「對不起，我眞不知道八尺大人會看上我。」

汪聿芃再使勁的搥了他肩頭，接著又輕輕的靠了上去。

然後沒有人注意到房間另一角還有兩個人，正瞠目結舌的看著此情此景——

現在是怎樣？康晉翊看向簡子芸，無聲的言語在空中交談。

他們默契是很足，但什麼時候這麼好了？

我不知道啊！這氛圍也太詭異了吧？簡子芸搖頭兼比手劃腳。

康晉翊默默的深呼吸一口氣，指指房門外，現在兩間房間，好像分配上不應該用性別分了厚。

「我們去買吃的跟聯繫蔡志友。」康晉翊起身，大家同時往外去，「你們先休息，我們回來都會用暗號。」

汪聿芃懶洋洋的瞄向他們，「八尺大人今天白天還不會出手啦！」

「總是以防萬一。」簡子芸就是小心。

兩個人前後腳出了門，討論都不敢太大聲，雖說不太意外，但誰都看得出來童子軍挺在意汪聿芃的，不過汪聿芃一副外星人頻率，永遠不知道有沒有對到地球，所以也不知道她到底對童子軍有沒有意思啊！

剛剛那模樣，應該是有了吧！

「她真的太難分辨情緒了！」簡子芸倒是釋然而笑，「不過以他們的默契而言，在一起一點都不意外。」

「是啊，全天下只有童胤恒懂外星語言。」康晉翊也欣慰的鬆口氣，「我都想說童子軍不敢告白了，這進展怎麼突發猛進啊？」

「說不定在我們不知道的地方早進展了，只是我們不知道而已！」簡子芸步出電梯外頭，就發現不少人在外圍觀。

「同學！」櫃檯還是熟悉的甜恬跟John，「大家想找你們！我們說會打擾秩序，請他們在外面等了！」

康晉翊好心情就維持了兩秒，立刻扳起臉孔，「我們的朋友也看見八尺大人了，今晚眞的沒空理他們。」

「人都是自私的，大家一定覺得你們熟能生巧，自己會應付。」John看起來溫溫的，說起話來倒切中要害，「別人的孩子死不完啊。」

「對我們來說也是啊，他們的孩子自己顧，該交代的都說了，不開門就好……」

簡子芸一頓，突然揚起笑容，「還得好好跟皮老師聊聊。」

「呵……」康晉翊也禁不住笑了起來，「如果皮老師今晚還會出現，可眞得好好道歉了。」

不知道那個被八尺大人撕開的魂魄怎麼了？是受了傷魂飛魄散？還是只是一時消失，晚上照樣來找凱忠質問？

甜恬聞言倒抽一口氣，「我聽說了，是他們害死了皮老師嗎？」

「只是猜測，但皮老師有氣喘，他們卻把呼吸器丟掉……在山上哪！多危險。」康晉翊也很無奈，「好玩、不是故意的都不是殺人的理由，老皮就是慘死在山上，還在以前白紫姑娘的祭台……」

祭台上。

康晉翊瞬間又想到了未解的謎團，老皮不該死在那裡？那他應該死在哪裡？

「你們對皮老師熟嗎？」康晉翊立即問在地人。

「呃，大家其實多少都知道，我弟給他教過！」John略帶感傷，「他是那種很溫和的好好先生！」

……呃，對於剛剛看過他活活把辛銘的頭砸爛、又連他們都想下手的康晉翊而言，實在很難把「好好先生」與老皮連在一起。

「是啊，有時外在的溫和，源自於內在的壓抑啊！」簡子芸倒是輕鬆以對，「我想他應該很常被大家欺負吧！」

「不算欺負吧，老師就是很好說話。」甜恬看來也知道，「老師家的人都一樣，每一代都是老師呢！」

「哇，代代相傳啊，那家裡還有人在嗎？因爲剛剛好像沒看到誰去收屍。」

「呃，老師幾年前離婚了，師母……前師母可能不好出面吧，但我想後事應該還是會處理，不然就沒人了！」甜恬接口，果然地方小，鄰里間都會知道大家的祖宗八代。

「老師他們家其實很好，像老師是在外地唸大學，最後還是選擇回鄉，因爲他知道小地方資源少，眞的很善良。」John對老皮也是讚許有加。

「老師家都很單純，他說過想留在祖先的土地上，老師喜歡植物是因爲他爺爺對山上非常熟，老師的植物學識是他爺爺啓蒙的呢！」甜恬傻傻的笑著，「不瞞你們，我當年也是植物社的喔！」

「是嗎？所以妳也知道禁區的事？」看著甜恬的年紀，老皮在O鎭也很久了嘛！

「我們都知道啊，我記得禁區的詳細劃分，還是老師的爺爺規範出來的，經過詳細堪察後標出危險地帶，禁止我們去。」甜恬偷偷吐了舌，「但是所有人都偷偷看過那個大花烏鴉嘴！」

老師的爺爺規劃出的禁區？康晉翊跟簡子芸互視一眼，他們跟都市傳說打交道這麼久，才不相信有巧合這種事！

不許任何人踏入的禁區，死在祭台邊的老皮，做鬼也覺得自己死錯地方的傢伙，那邊一定藏著什麼祕密！

John倒是語帶怨懟，「我反而覺得那些學生……把氣喘病患的呼吸器拿走是什麼意思？這就是謀殺。」

「所以他們被八尺大人帶走了。」簡子芸幽幽一笑，或許這也是一種報應。或許，八尺大人什麼都知道，畢竟老皮死在祭台那兒。

「好了，我們該走了！」康晉翊語氣突地高昂，開心的往外走，有資訊就是好！

「等等，你們要不要走後門？」John緊張喚住他們。

簡子芸瞥了一眼外頭，無奈的聳肩，「你們眞覺得後門就沒人嗎？」

「反正兵來將擋、水來土掩，我們今晚是不可能放棄同伴的。」康晉翊雙眼熠熠有光。

他們可是「都市傳說社」的社長與副社長，保護社員那可是天經地義！

章警官覺得自己會被這票年輕人折騰死！他正在處理另一樁案件，大學生十萬火急的奪命連環叩，還直接到警局等待，彷彿發生什麼天大的事。

他還是按部就班的處理好案件，回到警局才準備數落那兩個傢伙一番，就得到了童胤恒被看上的消息。

好吧，算是十萬火急。

「或許我可以調動其他鎮的警車去支援，」章警官想得很簡單，「由警車開道，載他離開之類的……」

「章警官，不是我們要潑你冷水……但那是八尺大人。」蔡志友客氣的解釋，「她可以撞開警車，讓你們發生車禍之類的，誰都無法在她眼皮底下帶走她選中的人。」

「這只是增加無謂的傷亡而已……拜託，快告訴我您找到什麼了！」小蛙雙手合十高舉過頭，緊張得說不出話了。

不過才一天光景，又死了一個學生，還是活生生被撕開帶走，又發生什麼間接害老師的命案，最扯的是童子軍竟然被選中了！

說好的只挑正太呢!?

「O鎮那種小地方，也沒幾件事，近幾十年來的案件就是一些通緝犯逃躲回鄉，不然就是偷竊搶劫這種小惡，其他也都沒啥大事。」章警官早查到了，案件不多啊，「剩下的多半都是意外，心臟病發、車禍，還有失蹤案。」

「失蹤案？」蔡志友與小蛙不約而同的亮了雙眼，「就是這個，失蹤幾個

人？」

「我記得他們說過沒大事情啊，連續失蹤案這麼大的事怎麼會不記得？」蔡志友開始覺得有鬼了。

「誰跟你連續？不過就一個。」章警官翻著資料，「那個月發生四起命案，一起酒駕車禍、一起山上失足跌落、一起失蹤案、還有一起自殺。」

「才一起？」小蛙蹙眉，「失蹤案是幾歲？」

「十二。」章警官略點點頭，「我知道是八尺大人喜歡的年紀，那段時間只有一個失蹤案，千眞萬確。」

「……爲什麼就只帶一個走？」蔡志友怎麼想都覺得邏輯不對，不過還是青少年無誤，「章警官，拜託可以把那一個月的案子都跟我說嗎？」

章警官挑了眉，「你說呢？」敢要資料？

「就講簡單的？」蔡志友賣乖的說道。

章警官最終透露了各個死者或失蹤的姓氏與年紀，還有確切死因，其他他是眞的不能再透露了。

「我看這也沒多少幫助，你們有找到那種地藏菩薩嗎？」章警官已經知道O鎭的命案了，「那邊狀況看起來不好啊！」

「怎麼會好……我們已經找到人幫忙了，但根本沒人見過那種地藏菩薩。」

小蛙深吸了一口氣，「必要時另外請靈驗的去！」

「對，我們等下就要去請，然後我盡快帶回O鎮，至少要保下童子軍。」

章警官只能嘆氣，他愛莫能助。

「我記得……童子軍不是聽得見……嗎？」他記得之前那個毛毛是感應得到，「那有試著跟對方溝通嗎？」

「要是能溝通，還會搞這麼多事嗎？」小蛙學起八尺大人來，「剁剁剁……剁剁，她就只會一直這樣講話而已！」

哎呀，果然不好。

桌上電話響起，二線章警官，他示意學生們稍等，接起電話；只是才沒兩秒他就瞄向蔡志友他們，神色顯得極不對勁。

「怎麼了？」蔡志友一看見那表情，不禁心頭一涼。

掛上電話的章警官倒沒遲疑，抓了外套就往外走，「你們跟我來，我載你們過去。」

「哇哇，章警官，別嚇人啊！你這姿態很可怕！」小蛙也趕忙追上，不時悄悄問向蔡志友，現在是怎樣？

誰知道啊！蔡志友搖頭示意先不要問，上車再說。

章警官果然直到發動車子都惜字如金，後座兩個學生也不敢吭聲，等著章警官開口；蔡志友沒事翻動著手上的資料，小蛙拿出手機向群組報告最新消息：『好像出了什麼事，章警官特地要載我們去某處。』

「我們現在要去哪裡啊？」小蛙小心翼翼的問。

「阿雄那邊。」章警官淡淡的說，「還有之前我問過的人，聽說找到一位高人，說他懂得地藏菩薩，剛剛跑去阿雄那邊了。」

就是要分辨眞假地藏菩薩的雄哥那兒！

「眞的有人知道那種玩意兒嗎？」這簡直是好消息啊！

「是啊，但他應該先來找我的，搞得阿雄那邊人仰馬翻。」章警官又嘆了口氣。

小蛙興奮的搭上蔡志友的肩，卻發現他一反常態，「喂，你聽見了嗎？有人知道那種地藏菩薩！」

「不是……等等，章警官，啊，你這上面寫的失足滑落？」蔡志友緊張的攀著椅背往前探了身，「這個字我有點看不懂！」

「失足……」章警官用力回想著，「噢對，可能是絆倒還是腳滑從山上掉下來，致命傷是因爲頭撞到了樹上的尖刺，當場死亡，我記得是個中年人吧，姓皮。」

皮？

「皮？」小蛙也湊上前看，「社長他們說那個被謀殺的老師，不是也姓皮嗎？」

O鎮到底有幾個姓皮的啊？

第十一章

與八尺同行

老皮說過，他的爺爺是死在山上的。

所以他一直很小心，不希望自己落到跟爺爺一樣的下場，而當年在他爺爺死亡後的兩天，有個男孩便失蹤了。

「沒錯，失蹤案。」O鎮警察組長年事已高，但記得很清楚，「那是我偵辦的第一個案子，是阿崑的弟弟，阿馬！」

瞧組長說得這麼自然，問題是康晉翊根本聽不懂，「阿崑的……弟弟！」

「阿崑啊，你見過！小豆他父親啊！」鎮長自然的回道，「現在也是警察那個！」

小豆的父親。

康晉翊跟簡子芸半晌說不出話來，爲什麼繞了一圈，又扯上熟人了。

「那個失蹤的男孩幾歲？」她喃喃地問。

「十二歲，準備畢業，我記得鳳凰花開的季節呢！」組長遙想著當年，「這邊才一個意外沒兩天，小馬又失蹤，我們到現在也不知道那孩子跑到哪裡去了。」

「爲什麼……所以小豆的父親，這一生面臨了弟弟與兒子的失蹤啊？」這會不會也太衰了？康晉翊突然竄起雞皮疙瘩，這絕對不是巧合。

「是啊，實在也是可憐！」鎮長若有所指的看了他們一眼，「你那個同學……」

「還好。」簡子芸回得淡淡的。

「啊……那凱忠……」鎮長話鋒一轉，果然又要切過去了。

「無能為力，這種事也不必我們多做，小武第一夜不就熬過了！」康晉翊扳起臉孔來，「他只要能對抗自己的心魔，熬過這一個晚上就行了！」

「心魔？只不過都是孩子，他們……」

「他們殺死了一個老師。」簡子芸毫不留情的揚聲，是說給他們背後那群被擋在外頭的鎮民聽的，「只要皮老師今晚不去找他，或許他就能捱過今夜。」

皮老師！凱忠的叔叔在外頭聽了也是一陣暈，為什麼又扯到皮老師？

「唉，孩子們又是……」鎮長想幫忙，但卻不知道能說什麼。

康晉翊回頭看著竊竊私語的鎮民，悄然一笑。

「金剛那天晚上一定是看見皮老師索命，所以他才會嚇到想逃，因此就對上了等著他的八尺大人。」康晉翊扯開了嗓子，就怕外頭的聽不見，「現在看老師願不願意放過凱忠囉！」

「唉唉，老皮不是那樣的人！不是！」鎮長連連搖手，「那麼溫和的人，什麼索命不索命的……」

「不然金剛爲什麼會嚇成那樣？當然，也可說是他心虛吧，畢竟殺了一個人是事實。」簡子芸站起身，他們該走了，「謝謝您！」

康晉翊跟著起身，是該回去了。

「欸，等等等等！」鎮長連忙吆喝，「如果凱忠能熬過去，你們會想辦法帶走他嗎？」

康晉翊止了步，思忖數秒，不忘看向簡子芸。

「我們橫豎得送同學離開，如果我們想得到辦法，當然可以順便帶凱忠離開。」康晉翊立即打斷鎮長準備插話，「但是、但是，什麼都無法保證，一如小武、一如金剛。」

鎮長張口欲言的話又給吞了回去，是啊，誰能保證什麼？這幾個大學生本就不需要向他們保證啊。

鎮民們原本想幫孩子求情，但提到被枉殺的皮老師大家就開不了口，因爲那幾個孩子的的確確害死了一條人命。

康晉翊與簡子芸分別買了大量食物回去，今晚的店家更意外的直接送餐，還有加量不加價的，這點滴他們都感謝於心。

「那麼好的一個人。」電梯一關上，簡子芸便吁了口氣，「你聽聽他們對老皮的看法。」

「是啊，就算以阿飄的姿態接近我們，他其實也很和善……我想就是個壓抑型人格吧！」康晉翊倒是怨嘆，「人都有黑暗面，不是聽說學生都欺負他，他只是忍下來罷了！直到這樣的忍耐卻導致學生害死自己，忍一輩子的黑暗面便傾巢而出了。」

「所以他對我們和善，但對金剛他們並不留情。」電梯抵達，簡子芸又嘆息，「但是他後來還是攻擊童子軍。」

「因爲我們阻礙他對付凱忠吧！當時我們可是把凱忠包在中間的……下次如果再遇到這種事，應該讓他們自己去解決才對。」康晉翊挑了眉，「解鈴還須繫鈴人，畢竟也不是我們殺了他的是吧？」

「唉唉唉，都市傳說已經夠麻煩了，還跑出來阿飄！」簡子芸靜下來想時，還會覺得心有餘悸，「這未免太可怕了！」

「要我說呢，那幾個中二比較可怕，搶走氣喘病患的呼吸器耶，這是謀殺了吧！」康晉翊還沒走到門口，門便打開，探出汪聿芃的小腦袋瓜兒，「喂，我還沒說代號，要是我是八尺大人怎麼辦？」

「所以是我開的門啊！」汪聿芃蹦蹦跳跳的出來接過食物，「而且童胤恒說都沒跡象。」

「毫無邏輯可言！就說不能開門的，妳還是小心點吧！」簡子芸覺得不該大意。

大夥兒把食物擺滿桌子，這幾天緊繃得要死，又餓又累，上午不管吃多飽，看見老皮屍體都已經嚇得半死了，接著又看見老皮本尊鬼把一個少年的頭敲到爛掉，再到警局做筆錄，大夥兒都覺得自己快虛脫了。

而在遙遠的A市，小蛙跟蔡志友兩個人在冰冷的走廊上乾著急，章警官把他們帶到這裡來後就先進到裡頭，留他們兩個在這兒不知道要做什麼。

「我們要不要分開行動啊？現在時間很寶貴耶！還是我先去拿地藏菩薩？」小蛙已經坐不住了。

「再等一下，要是章警官還不出來我們就分開！我去請靈驗的地藏菩薩，一拿到就立刻去O鎮才對。」畢竟小蛙不能再踏足O鎮，自然由他去。

「說得也是！到底是在……」小蛙才在說，門終於開了。

章警官招手要他們進去，眉頭深鎖，看上去十分嚴肅，他們跟著章警官身後走了進去，這裡他自然來過，有許多專業儀器與房間。

「章警官？」蔡志友疑惑問著，「不是有個高人……」

「神棍，阿雄已經趕走了！」章警官嘆口氣，來到某間銀色的門前，扭開門把讓他們先入，「進去。」

這裡活像筆錄時待的小房間，小蛙咕噥著氣氛的詭異，卻還是乖乖聽話的進入。房間裡沒有人，就一張桌子跟部分儀器，桌子上擺著的是一尊他們熟悉的方杜體還有另外一個——被打碎的地藏菩薩。

「哇咧！爲什麼破了？」小蛙果然立即發難，「章警官，我們交給他們時是完整的耶！」

「這個是眞的還是假的？是假的就算了，如果是眞的——」蔡志友滿腦子想的是，請一尊靈驗的已經很貴了，兩尊他哪有錢啦！

「不是要驗看看是否一樣？我跟你們說，一模一樣！」王警官拿起一旁的伸縮筆朝向中間被敲碎的一堆灰色碎塊，「你們仔細看，這是什麼？」

小蛙又氣又急又不耐煩的湊前，「這有什麼好……看的？」

連蔡志友都忍不住湊到了桌子中央，就怕自己看花了眼，「咦？」

旅館的四個人吃著八人份的晚餐，大快朵頤好不滿足，四個人還圍在一起，一邊討論得到的訊息。

「老皮的爺爺死在山上，他死後隔兩天有一個學生失蹤，現在小豆、小武失蹤，金剛死亡，還剩一個凱忠還不知道會怎樣。」童胤恒喃喃說著，「當年失蹤那個學生也沒找到對吧？」

「沒有，是不是跟八尺大人有關也不知道。」

童胤恒邊啃著滷味，「那個年代，才十二歲能去哪裡？而且是從家裡失蹤的，跟八尺大人眞的太像。」

「但爲什麼只有一個？」簡子芸即刻提出疑問。

是啊，爲什麼只有一個？

手機陡然響起，嚇得一屋子人驚聲尖叫，汪聿芃呆呆的望著自己擱在一旁的手機，她心臟都要停了！

「喂——」她沒好氣的應著，打開視訊電話，「嚇死人了！」

螢幕晃動，好不容易終於出現小蛙的臉，他眼睛瞪得超圓的，臉色看起來不太好！

「怎麼了嗎？」康晉翊一瞧就覺得不對勁，「出事了？」

「聽到了嗎？幹，出事了！」小蛙聲音在抖，「我們剛剛……就章警官載我們過來，說有人認識那個地藏菩薩，我們跑到這裡後發現只是個神棍，想騙錢的！」

噢，童胤恒至此鬆了口氣，「就這樣？犯得著你臉色這麼慘白？」

「說重點啦！」手機驀地被搶走，蔡志友的大臉即刻出現，「外星女妳不是拿兩個地藏菩薩要看看哪個是假的嗎？我跟你說，兩個都是眞的，成份一模一樣樣，而且裡面是這個——」

鏡頭晃動，讓旅館裡的四個人頭要暈了，終於鏡頭穩穩的放到了桌上一堆……碎石塊上。

「你們把它毀了？」康晉翊第一時間大叫出聲，「汪聿芃不是完整給你們的嗎？」

都已經希望能找到正港的地藏菩薩回來安裝了，他們還毀掉它！

「不是啊，看仔細啦！」蔡志友在邊邊急忙喊著。

看仔細，看……汪聿芃突然收回手機，兀自查看著螢幕裡的東西，也不管旁邊的人嚷嚷著。

「妳這樣我們看不見！」童胤恒要她把手機給翻過來。

汪聿芃聽話的鬆了手，雙眼出神得不知道又在想些什麼，直接把手機塞給了童胤恒，起身走到窗外去。

她的怪樣也不是第一天了，童胤恒沒理她的趕緊把手機拿到中間，三個人湊在一起端詳……

「那是什麼？」童胤恒指向了中間的部分，「這是碎塊嗎？」

有一截長長的……康晉翊擰起眉心，怎麼越看越像人的手指骨？

「這是裹在地藏菩薩裡面的嗎？我以爲碎掉時應該是礫狀不是這樣……」簡子芸打了個寒顫，「乍看之下有一點像手指。」

「什麼乍看！那就是！裡面全部都是碎骨！」小蛙搶先嚷著，「你們知道嗎，兩座裡面都是人骨，應該是燒過的骨灰，這兩尊根本是立體骨灰罈好嗎！現在正式變成命案，章警官說不能帶回去了！」

蔡志友將鏡頭面向自己，「剛剛那個手指超明顯的，把骨灰燒進去，外面又刻著地藏菩薩，這根本是大喇喇的棄屍案吧！所以才對八尺大人沒有效！」

旅館這邊沒了聲音，根本沒人有辦法答腔。

「現在怎麼辦？我們有找到厲害的廟，要不要再請地藏菩薩回去？」小蛙急著問，「童子軍！童子軍你要撐住喔！」

「……我知道，我知道。」童胤恒一時震撼到說不上話，「能驗出遺體誰的嗎？」

「還不知道，那是燒過後放入的骨灰碎塊，驗不了DNA！」好歹以前是科學驗證社社長，蔡志友頭頭是道，「但警方現在覺得另外兩個地藏菩薩也應該是藏屍處，這招好厲害！」

「卻也害了小武！讓我們以爲那個能封住八尺大人！」康晉翊嘖了聲，「如果你們能找到眞正有用的地藏菩薩，再送過來的話要多久？」

「我會盡……」蔡志友才在說，汪聿芃突然坐回來。

「不必了！那個也沒有用！」她打斷大家的對話，「先這樣吧，我們稍晚再聯絡！你們先休息，謝囉！」

「嗄？休——」話還沒說完，汪聿芃主動把電話切斷。

旁邊三個人錯愕非常，現在是在幹什麼？「汪聿芃？」童胤恒看著她拿回手機。

「失蹤的旅人去了哪裡呢？」她眨著眼，看向身邊的童胤恒，再轉向對面的康晉翊兩人，「爲什麼沒有人知道？」

傳說中與白紫姑娘在一起的旅人，離開後就再也沒有現身……老皮說過，傳說中似有打鬥，在現今祭台之處流下了一灘血！

「天哪！妳是說那是旅人的骨灰？他已經被殺死了？」簡子芸驚呼出聲，「傳說是眞的？」

「這表示，妳信老皮所說的嗎？」康晉翊會這樣問，是當看到老皮屍體時，便證實了這兩天與他們在一起的不是人，他不覺得他的話可以當眞。

「我信，我信！」汪聿芃居然毫不猶豫的點頭，「別忘了，老皮說過，很多事是他死後才知道的，都市傳說這種謎，有時就得靠更謎的飄飄們啊！」

「……妳說得我都亂了！」童胤恒用力的深呼吸平靜心緒，「所以妳認爲那些地藏菩薩裝的是旅人的骨灰，外表再加以地藏菩薩的名義，然後限制住……不是！」

童胤恒瞬間領悟，啊了一聲。

「那個是不是地藏菩薩根本沒有關係對吧！我一直在想，其實是因爲八尺大人根本不想走。」簡子芸聲音很軟，帶著點憐憫，「她，還在等他。」

不離開O鎭，是因爲她覺得旅人還在這裡，她是以一個女孩子的想法去思考，怎麼想都覺得白紫姑娘還在等待那個說好一會兒就回來的人。

「但是就算旅人沒死，也已經……不可能在了啊！」康晉翊蹙眉，這聽起來

有點悲傷。

「前提是要她知道，如果她是都市傳說，或是什麼特別的存在，她不一定明白。」汪聿芃聳了個肩，「說真的白紫姑娘或是旅人確切是什麼東西，我們也不知道對吧！」

是啊，那種傳說中的傳說，年代又久遠，誰會知道？

「這樣說來，八尺大人是在找旅人……所以她認爲這些未成年的少年們都是旅人？」童胤恒提出了新的疑問，「他們逃難時是晚上，所以她才利用晚上來接走少年們……啊她認不得誰是旅人嗎？」

一旁的汪聿芃抓起炸花枝，塞進嘴裡嚼著，坐在她對面的康晉翊明顯的留意到她眼神放空，天線目前接到宇宙去的樣子，示意大家別打擾她，吃飯吃飯！

「外表的話，我猜旅人可能介於少年與成年間，所以小蛙跟我才會中。」童胤恒推敲著，「但是這樣的話，金剛、凱忠或是小武小豆他們，外表都大相逕庭，似乎又不是以外表來區分的……」

「用血緣吧。」汪聿芃頻道接回地球，幽幽的轉回來。

簡子芸一愣，「血緣？妳是說，傳說中要逃躲八尺大人的追逐時，被選中者坐在車子後座中間，整台車裡坐的都要是相同血緣的親人嗎？」

「嗯啊，都市傳說不是這樣說的嗎？用相近血緣來混淆視聽，所以八尺大人主要是認血緣！」汪聿芃黑色的眸子裡微微亮了起來，「所以，她嗅得到血緣……當初旅人走了之後，她大肆擄人，爲什麼？因爲她找不到旅人，只有餘下的那、灘、血。」

讓她躲好，一會兒就回來找她的旅人不見了！而傳說紛紜，旅人可能被發現者所殺？可能跑了？也似乎與覬覦白紫姑娘的人起爭執，總之還有發生血案，沒有人知道那夜發生了什麼事，只知道隔日餘下一灘血。

爾後，在那灘血的地方建立了祭台。

「天哪……難道在那灘血中留下血的人就成了她的目標？」康晉翊不可思議的回憶著，「所以，阿崑家族的人都是，當年他的弟弟失蹤後，現在是小豆——那小武、凱忠跟金剛的家族？」

「說不定老皮也是！所以老皮的爺爺在山上死亡，阿崑的弟弟才會跟著失蹤，他眞的是被八尺大人帶走——」簡子芸忽地一顫身子，等等，老皮也是？

她瞪圓雙眼不可思議，對面的童胤恒已經瞭然於胸。

「皮老師是什麼時候死的？」童胤恒揚起一抹無奈悲傷的笑容，「小武隔天下午就見到八尺大人了……難怪老皮會說，他死錯了地方！」

不但在山上，還不偏不倚的死在禁區……不，或許是八尺大人搬他過去的，還讓他成爲烏鴉花的養分，短短數日內生長茁壯。

康晉翊即刻起身，抓過外套，「我去查一下，當年那個男孩失蹤前，其他人的歲數，不然爲什麼只有一個人被帶走。」

如果小武、金剛、凱忠等家族當時都沒有未成年或年齡相彷的少年們，自然只會有一個失蹤者。

在山上流了血，八尺大人嗅到了熟悉的血緣，她便會認爲在這些流動的血裡，能找到她的旅人！

「總是這樣，從一條生命的犧牲開始，瘦長人如此、八尺大人也是如此。」汪聿芃眼眸深沉，「然後用很多條命結束一切，這就是都市傳說。」

康晉翊看出她突然陷入悲傷，但沒有時間猶豫，與簡子芸匆匆出了門。

童胤恒遲疑了幾秒，還是親暱的搭上汪聿芃的肩，她略微抬頭，挑高了眉瞥他一眼。

「我猜，你可能長得跟旅人有點像。」她嘴角略抽搐，「因爲她彎了頸子，認眞的端詳你，還想摸你的臉。」

童胤恒恐懼的擰起眉心，是的，八尺大人俯頸而下，與他平視的看著他。

「我覺得，有可能！但誰也不知道都市傳說的想法。」童胤恒勉強擠出微笑，「所以她也不是一直都看血緣的。」

「這麼厲害，應該直接去鑑識科工作才對，活體DNA機器！」汪聿芃厭煩的嘆口氣，「她可以去配音，還可以鑑識，實在不必埋沒在山上等一個不會回來的人對吧！」

童胤恒忍不住笑了起來，要是都市傳說也能這麼自在的融入人類生活，那該多好是吧？

「那我們還可以介紹裂嘴女去做美工紙藝之類的？」他跟著開起玩笑，希望讓自己也輕鬆些。

「我不想你被她帶走。」汪聿芃突地又迸了一句。

童胤恒凝視著她，心頭瞬間鬱結，「說眞的，我也非常不想。但在沒有想到怎麼平安逃離O鎮之前，我還是只能暫時困在房間裡。」

「溝通有用嗎？章警官說你聽得見，那能不能跟她聊聊？」

「我謝謝妳，她從頭到尾只會剎剎剎。」童胤恒無奈至極，「而且一旦我眞跟她對上眼，我就被她迷得神魂顛倒了，我還能溝通什麼？」

噢……汪聿芃微啓唇，突然想到什麼似的瞅著他。

被喜歡的女孩這樣看得直接，童胤恒反而有點難為情，「喂，妳在……」

「她比我漂亮對吧？」汪聿芃驀地湊近他，「不過你應該比較喜歡我吧？」

呃……童胤恒整個背向後仰，這種親切的「逼問」真是令他小鹿亂撞得緊張！

「……是。」童胤恒緊張的收了收拳，「但是，她是八尺大人，一旦對上眼，那不是我能決定的對吧？」

他至今都記得金剛的眼神，痴迷到什麼都看不見聽不見，執著的只想到八尺大人的身邊去。

「那，就不要跟她對上眼吧！」汪聿芃突然正襟危坐，繼續抓起薯條吃。

「什麼？」

「我還是想去一趟洞穴，我想去她的地方看看，那是我們唯一觸及不到的關鍵。」汪聿芃仰起頭，一聲長嘆，「答案說不定在那裡。」

八尺大人的地方？童胤恒心底沒來由的覺得恐懼，「妳是說，像妳去瘦長人的那片明月森林嗎？」

汪聿芃轉向他，滿意點點頭，他果然懂她。

「那妳要怎麼去？」他聲音變得緊窒，上一次，她是追著瘦長人過去的。

只見汪聿芃劃上不太有自信的笑容，拍了拍他的肩頭。

「放心好了，我會保護好你的！」

童胤恒一口氣差點上不來，她現在是要趁著八尺大人帶走他的時候嗎？「汪聿芃？」

「你就不要對上眼就好啦！」

午夜，女孩在旅館大廳開始做著熱身運動，彎腰確定鞋帶的鬆緊度。

「汪聿芃！」一旁的簡子芸無比煩躁，「妳確定要這麼做？」

「嗯！」正彎腰摸著鞋尖的汪聿芃從腿縫裡往後看，「怎樣？」

「妳要讓童子軍被八尺大人帶走太扯了！」簡子芸急得跟熱鍋上的螞蟻一樣，「我們一直都在避免這件事，妳卻要讓他自投羅網？」

「因爲這樣我們才可以去八尺大人的地方，才能知道她到底要幹嘛！」汪聿芃說得理所當然，「就像瘦長人其實是在替換他的月光樹吊飾，那八尺大人呢？是不是眞的在找旅人？或是她也有另一棵樹？」

「這眞的太冒險了！萬一回不來怎麼辦？」康晉翊也持反對票，「別忘了，

沒有人回來過。」

汪聿芃望著他們，面無表情的繼續伸展，「那樣的話，至少我陪他嘛！」

「汪聿芃！」這是什麼道理啊！

她根本懶得再多說什麼，櫃檯夜班的人員當然知道他們是誰，戰戰兢兢的應對著，今晚聽說八尺大人會出現，每個人都相當緊張；凱忠家裡已經準備好了，童胤恒也已經準備萬全，現在就等八尺大人的出現。

下午出去一趟後，康晉翊他們得到了確切的資訊，果然當年那個十二歲少年失蹤之際，不管是小武、金剛或是凱忠家裡，都沒有未成年的少年，這也就間接佐證了爲什麼八尺大人只帶走一個。

她在老皮爺爺身上再度嗅到熟悉的血緣，下山去尋，除了一個少年外其他年歲都太大了！這使讓大家覺得晚餐時的推論，又多了好幾分可靠性。

「我上去陪童子軍。」康晉翊嚴肅的說著，先乘電梯上樓。

汪聿芃繼續拉筋伸展，旁邊桌上擺著一個背包，她所需要的東西都在裡頭；心焦的簡子芸抱著手機，隨時等待訊息傳入；而樓上的童胤恒也已做好準備，手上的手機打好字，就等發送。

「剝剝剝……剝剝。」

來了！姆指按下發送，童胤恒咬牙撐著牆忍著疼，等著回應響起。

樓下的簡子芸立即轉達八尺大人已到的事實，汪聿芃從容的扭扭頭子，回身到桌上揹起背包，扣上減壓帶。

即將出電動門的瞬間，她回首望著簡子芸，「會沒事的。」

會沒事的？簡子芸眉頭緊鎖，她到底哪來的自信啊？那是八尺大人啊！

樓上的康晉翊謹慎的看著童胤恒，陪著他站在窗邊，「你確定嗎？童子軍？汪聿芃想的這招太險了！」

「我相信她。」童胤恒靜靜的回著，「而且現在開車離開這招已經不可行了，如果能從源頭解決是最好。」

「好吧！」康晉翊也只能這樣想，「但我還是覺得——」

「社長，沒事的。」童胤恒微微一笑，「萬一發生什麼，都是我的決定，請你們誰都不要內疚！」

「厚！童子軍！」

「就當作我跟夏天學長一樣啊，說不定我們都成了都市傳說了！」童胤恒居然在此時此刻還能燦笑，康晉翊看了只有揪心。

「童子軍！可以了！可以出來了！」外頭，傳來了汪聿芃的聲音。

但是他知道，汪聿芃鮮少叫他童子軍的，那是八尺大人的仿聲。

他略回首示意，為保謹慎，康晉翊躲進了洗手間，讓房間裡看起來只有童胤恒一人。

喀噠喀噠，窗子被搖晃著。

「她去找凱忠了，童子軍！」八尺大人用汪聿芃的語調說，「就是現在！」現在。

童胤恒唰啦地拉開了窗。

那金屬在無上油的軌道上磨擦的聲響，讓簡子芸聽了都膽戰心驚，她知道童子軍開窗了！而躲在旅館廊下樹叢後的汪聿芃睜亮一雙眼：她聽見了。

說不怕都是騙人的，他只是不想讓同伴也難受，童胤恒心跳得好快，全身都在抖，那是種血液奔騰的感覺，但身上卻泛冷，想跑想逃卻不知道能去哪裡，感受到有人一把就扳過了他的肩頭，讓他翻倒出窗，甚至輕而易舉的把他扛上肩頭……

對！真的是扛上肩頭！

八尺大人果然身高驚人外，力氣也相當可怕啊！

康晉翊衝到了窗子邊，看見以趴姿飄在半空中的童胤恒……還有另一邊的……凱忠？那孩子居然一下子就淪陷了嗎？

然後他們移動的速度漸而加快，越來越快……簡子芸走出旅館外時，也看到了兩個一左一右趴著的人在略高處，看見凱忠時她也很吃驚，而凱忠側首正在傻笑，痴迷得一如金剛那晚的眼神。

但簡子芸看不見八尺大人，所以在她視野裡，凱忠是看著童子軍在痴笑的。

磅礡！八尺大人開始邁開步伐奔跑著，每一步都極為用力。

「凱──」遠遠的，傳來凱忠家人的尖叫聲。

八尺大人越跑越快，步伐比一般人大，速度更加驚人，再度捲起了塵土與風──但是她身後，卻還有個緊追不捨的人。

八尺大人一離開汪聿芃就追上去了！

不管她步伐跨得多大、速度多快，汪聿芃就是跟在她腳後跟，一點距離也沒被拉開，直到消失在康晉翊眼前為止。

「我的天哪……」窗邊拿著手機康晉翊瞠目結舌，「簡子芸！妳有看見嗎？」

「我看見了！」簡子芸整個人亦陷入震驚當中，「汪聿芃可以跑得跟都市傳說一樣快！？」

毫無懸念，八尺大人衝向森林，汪聿芃跑得極快以保絕對不被扔下，但進入

森林後完全無光，她便無法精準的掌握方向，而且說不定還會撞到樹，這太危險了！

所以……她拋出了手裡早準備好的繩索。

繩子尾端繫了重物，直接繞上了八尺大人的小腿肚，她有那麼一瞬間意欲回頭，但是看起來像有更重要的事要做，所以只遲疑兩秒後仍舊繼續奔跑。

汪聿芃被拖著往前奔，她將繩子另一端纏在自己身上，盡可能跟著八尺大人的方向，於此可以保證不撞樹，任自己被拖帶著也無所謂，因爲她要的是回到八尺大人的家——

祭台？汪聿芃看見祭台時驚愕不已，八尺大人往上迸跳竟是在爬那個陡坡，當八尺大人腳蹬祭台、要飛過地藏菩薩廟上方時，汪聿芃往下似乎還能見到卡在祭台下的老皮，在那兒笑著對她揮手——咚！

汪聿芃狠狠的撞上東西，反彈向後，狼狽得一路滾下去，但因著繫在腰上繩子所以止了住。

她嘗到了血，剛剛那一記是直接撞上臉的，撞到什麼她不清楚，但她的鼻骨感覺是裂開了。

腰間緊接著一鬆，繩子竟被拆掉，她整個人瞬間往下滾去，這嚇得汪聿芃趕緊把手插進土裡，以防自己一路滾落出界。

她趴跪在陡坡上，讓自己手腳都插進土裡，抹去滿口鼻的鮮血如注，謹慎的伏低身子環顧四周……她痛到想罵髒話，連呼吸都疼！

不過慶幸視線如此清明，她往上看見熟悉的祭台，邊緣還殘留著她的血，看來她是撞上祭台無誤了！森林四周與他們白天看起來大同小異，只是樹木更密集了些，祭台前的坡度沒有那麼陡，平緩許多……這是當年的地形嗎？

而且世界也太明亮了吧？汪聿芃不禁蹙眉，立刻仰首望去。

一輪大到不像話的月亮掛在天空，幾乎就在祭台的正上方……這月亮真是太眼熟了。

八尺大人果然跟瘦長人共享一片森林、同個月亮啊。

她到了。

第十二章 月光森林

八尺大人鬆開了小腿肚上的繩子後，隨手一扔，將肩上的兩個男孩放上柔軟具彈性的地面，附近群樹環繞，月光散落一地。

「剁剁剁。」八尺大人蹲下身子，湊近凱忠身邊嗅著、聞著。

聽得見呼吸聲，一旁背對著八尺大人側躺在地的童胤恒緊繃起神經，奇怪的是，剛剛在某個瞬間後，他頭竟不疼了。

眼前一片黑，他謹慎的伸手摸了摸頭上的遮眼布，確定康晉翊紮得牢實。是，這就是汪聿芃所說的「不要對上眼就好了」。

因此他矇上眼，讓八尺大人帶著他走，生平第一次被女人扛上肩奔跑，健步如飛異於常人的速度，他只擔心汪聿芃究竟跟上了沒。

刺鼻的香味襲來，他手一伸，就能摸到類似烏鴉花的花朵，還有藤蔓處處，他試著坐起，感受到他根本躺在柔軟的藤蔓上方！

「我在烏鴉花山谷裡！」他驀地出聲，八尺大人跟著轉了過來。

「剁剁剁……剁剁剁剁！」這語氣帶著吃驚與詫異，然後她瞇起眼看向童胤恒臉上的遮眼布。

聽見了聽見了！少說兩句吧！已經爬到祭台下方的汪聿芃咕噥著，血流個不停，她全給嚥進了喉嚨裡。

她移動進到祭台與廟的中間，悄悄的透過廟往下看，後方就是烏鴉花谷，凱忠正迷戀的看著八尺大人，依戀般的握著她的手，攀上她的身子，甚至撫摸那精緻的面孔。

而他們的後方，是那個沒有任何巨石阻擋的洞穴！

「剎剎剎剎。」意外的是，八尺大人也回以微笑。

她溫柔的扶著凱忠的肩膀，右手輕輕的放在他的心窩上，兩個人相視而笑，甚至帶著一點旖旎浪漫。

然後，八尺大人猝不及防的挖出了少年的心！

汪聿芃嚇得掩住嘴，她差點叫出來了！

八尺大人本有著極長的指甲，那動作行雲流水到她都看不清楚，明明是曖昧的氛圍，下一秒她手往凱忠心臟一抓，就把整顆心握在掌心上了！

難道八尺大人是食心者？

汪聿芃得咬住自己的指頭才不會發出聲音，一口氣上不來的憋著，她看見八尺大人輕扶住凱忠癱軟的身軀，然後將心臟隨手就扔到一邊，心臟落進了烏鴉花中，沉了下去……或者說，是那些烏鴉花在移動般的將心臟藏進了花裡藤蔓下。

汪聿芃的角度瞧不見，但她沒有很想知道那顆心臟的下場。

「剁剁剁……剁剁剁？」八尺大人輕輕搖著躺在地上、雙眼依然停留在痴迷愛戀的凱忠，不停的叫喚著，「剁剁剁。」

不得不說，八尺大人這角度眞是絕美！側著臉的她正深情款款的望著躺在地上的少年，黑色長髮落在少年臉上身上，珠唇微啓的不停呼喚……雖然那聲音聽起來依舊令人極度不舒服。

「剁剁剁……剁剁剁剁……」

一旁的童胤恒完全不知道發生何事，只意識到八尺大人突然變得很多話，不停的重複「剁剁剁剁剁」。

女人拉起凱忠的身軀，鬆開後他又倒下，她搖晃著少年，好像眞的希望他醒來似的。

但終究是徒勞無功。

她失望的低垂下頭，臉龐上竟流下了淚水！

汪聿芃呆愣在當場，這是什麼邏輯啊——她挖出他的心，然後搖著他期待他復活嗎？旅人到底是個什麼樣的存在啊？

但她震驚之餘，卻看見八尺大人向左微側，看向了童胤恒！

「等一下！」

汪聿芃一骨碌跳上了祭台，忍不住喊了出聲！童胤恒聞聲簡直喜出望外——她追上來了！

八尺大人詫異的抬頭，驚愕非常的望著汪聿芃，不可思議的緩緩站起身，仰頭看著不速之客。

「那是我朋友，他不是妳要找的人。」溝通嘛，汪聿芃試著和顏悅色。

八尺大人美麗的面容逐漸扭曲，巨大的手掌緩緩握拳，看起來不是很開心的樣子……

「剝剝剝！剝剝——」一開口就是咆哮，跟著朝著她這邊衝過來了！

喂！說好的良性溝通呢？

高大的八尺大人踩著藤蔓像蹬著彈簧床似的，沒兩步就朝上頭跳過來，今天上午她越過廟直抵祭台的畫面她可沒忘，汪聿芃倒抽一口氣，緥緊身子也跨出了步伐——

她一腳蹬上地藏菩薩廟的廟頂，朝著下頭深達一層樓的烏鴉花谷跳，在半空中巧妙的與向上躍去的八尺大人完美閃身。

「沒我的指令不許拿下眼罩！」汪聿芃高喊著，童胤恒坐在原地按兵不動。

八尺大人跨過地藏菩薩廟頂後直抵祭台，忿忿回身，下方的汪聿芃利用側身

滾動的方式緩衝，幸好這一地的藤蔓吸收了大部分的衝擊力，她的確沒有什麼傷害。

站起身時下頭整片藤蔓網彈性十足，果然要穩住重心得費點力氣。

「妳要小心，藤蔓不穩，我光坐著就覺得很浮！」童胤恒心焦的警告，「而且說不定太過脆弱，下面會有坑，小心腳下。」

「收到。」汪聿芃回眸看著轉身又要躍下的八尺大人，不敢停留的朝著洞穴裡奔去，「你就面對著你現在的位子不要動，隨時準備跑。」

跑？童胤恒聞言趕緊讓自己不再坐著，而是努力的平衡身子，得先擺出隨時能站起奔跑的姿勢……問題是，這也太晃了吧，好難啊！

「剎剎剎！」後頭的八尺大人看見汪聿芃朝洞穴裡去，簡直氣急敗壞！

汪聿芃大步在藤蔓上跳躍著，看著洞穴裡的詭異光芒，這跟外頭的月光真是一致，敢情洞穴天花板還有開洞似的？她這麼看進去，裡面除了一堆乾草、木頭跟破舊的一堆東西外，什麼都沒有。

「欸……」腳差點打滑，她向右偏倒，努力穩住重心喬回來。

滑出去的腳尖穿進了藤蔓間的空隙，倒是讓她彷彿差點踩到了某個東西……

她沒時間觀賞，只顧著直直衝向洞穴，同時卸下了肩上的背包，鬆開了背扣！

將背包使勁的朝洞穴裡甩了進去——「拿去！妳要找的人！」

背包裡的地藏菩薩飛了出來，那是她晚上去東邊挖的，方形的石柱重重落上洞穴地面，匡啷的碎了一地。

汪聿芃趕緊離開洞穴前方，跳動到旁邊，回首看著身後停住的八尺大人。

「旅人。」汪聿芃謹愼的看著她，用力的指向洞穴裡，「裡面，去看啊，妳要找的人！」

「剝剝剝。」八尺大人瞪著汪聿芃，再看向那碎在她洞穴裡的東西，隱隱約約的碎塊散落一地，她卻遲疑著不動。

就這樣，汪聿芃、八尺大人及八尺大人身後的童胤恒，形成了一種詭異的僵持。

「裡面有人骨，有人燒成灰放在裡頭！」汪聿芃期待八尺大人能聽得懂，比劃了自己的指頭，「骨頭，在裡面！妳不是能讀血緣嗎？」

八尺大人揚高了眉，狐疑的斜眼睨著洞穴裡的石頭，汪聿芃覺得她是聽得見的，因爲她突然發出急促的呼吸，下一秒衝了進去！

也或許地藏菩薩有遮掩效果，所以在碎掉前她讀不到吧！

「現在——」汪聿芃扯開嗓子，給了童胤恒信號！

現在！童胤恒即刻拆下遮眼布，掌握眼前的狀況……地藏菩薩廟？跟他想的地理位置差不多，只是……哇！他才走一步，立刻不穩踩空的就往下跌成狗爬式！

雙手穿過藤蔓縫隙，雙腳也是，他只慶幸下頭不是坑，就算是……好險還有這些錯綜複雜的藤蔓當成一張防護網！

只是，跪趴在地上的他，卻隔著藤蔓，與下頭的白骨面面相覷……藤蔓下埋著屍骨，他看到的是已經爛到一乾二淨的頭顱，烏鴉花正從骷髏的雙眼裡生長怒放，童胤恒不敢大叫的縮回手，但手上卻染滿濕黏的屍臭，還有被他壓爛的蛆蟲。

戰戰兢兢的朝旁看，一張痴戀的臉正對著他，小武雙眼往上吊著，笑容凝結在最後一刻，一綹藤蔓正鑽出他的心窩……他的心窩是一個窟窿？

明明不該遲疑，但童胤恒還是嚇得不能動彈，這片烏鴉花下到底有多少具屍體？

「喂！」汪聿芃氣急敗壞的在後面喊著，磨什麼啊！

不行！童胤恒咬牙努力站起，讓自己無視於下方可能有的東西，甩掉一手浸了屍水的爛泥，搖搖晃晃的朝上方爬去，大跳後抓著藤蔓當繩子，幸好他臂力無敵，很快攀上了地藏菩薩的後方，再翻過了廟。

「把廟拆了，不然就破壞那裡面的地藏菩薩！」汪聿芃開始覺得或許加上廟的遮掩，所以八尺大人看不見裡面有骨灰！

汪聿芃再趕緊回頭看著八尺大人，她對於外面的動靜無動於衷，而是傻傻的站在碎石邊，很想分辨裡面是什麼。

先到的童胤恒發現這廟雖然迷你但砌得嚴實，根本不是隨便能拆掉的等級，所以他蹲下身子伸手進去，摸到方柱體欲搬出，但是搬不動，它是黏住的！

「地藏菩薩是黏住，下面有個水泥地基！」童胤恒邊拿邊喊，起身往下方喊著。

他看著汪聿芃健步如飛，疾速的在烏鴉花藤蔓上奔跑，跳躍平穩得驚人，然後如他一樣用力跳上後，抓著藤蔓向上爬，他趕緊打算繞到廟後接應。

「不要向著洞穴！」汪聿芃留意到他將頭探出，「萬一看到八尺大人怎麼辦！」

該死！童胤恒趕緊轉過身背對著洞穴，他眞沒想這麼多！

洞穴裡的八尺大人終於拾起了石塊中的碎骨，一雙大手不自主的開始發顫……

「剁剁剁……剁剁？剁剁剁？」

翻過廟的汪聿芃立即拿出腰包裡準備好的小鏟子，交給童胤恒往裡頭砸，管他能砸多少是多少，只要破壞掉外表的地藏菩薩，能讓八尺大人感受到裡頭的骨灰就好！

沒幾下童胤恒便輕鬆鏟裂石柱，接著一個用力，鏟子尖端滑過，讓他的手往裡頭撞去……卻碰到了其他東西──咦？

他驚愕的抬頭看向汪聿芃。

「怎麼？」

童胤恒嚥了口口水，幾秒後還是試著把地藏菩薩廟裡角落縫隙裡的東西給拿了出來。

一片、兩片……三片，雪白帶焦黃的骨頭擱在抖著的掌心裡，汪聿芃錯愕的看著那些未燒盡的骨頭，想也知道那是什麼東西。

「頭骨，來不及放進地藏菩薩嗎？」汪聿芃皺著眉，「還是太大片了？容量有限是嗎？」

「殺一個人到滅屍都是慌亂之事，只怕來不及做得太精細。」

「剁剁剁剁剁！」洞穴裡的八尺大人倏地回頭，她感應到什麼了！

「跑——跑啊！」汪聿芃一把接過了童胤恒手裡的頭骨碎片，直接朝烏鴉花谷裡扔去，「拿去！」

八尺大人張大嘴，驚恐的跳撲上前，想接過那四散在空中的骨頭碎片。

接著汪聿芃將鐵鏟一把插在地藏菩薩上，希望讓八尺大人知道位子，「裡面！在裡面！」

八尺大人只接到了一片，她發狂的扯斷滿地的藤蔓與花朵，尋找著其他掉落的第二片與第三片，下方滿滿的屍骨，全被她往四周胡亂扔棄！終於她找到了甫落地的碎片，碩大的雙眼裡滑出了淚水，緊緊的握住，再抬首看著插在那兒的鐵鏟。

汪聿芃已經轉身跑了，童胤恒就在前方，右手往後朝她伸出。

「走！」一把握住童胤恒，她跑得快，一眨眼就變成她在前方了。

「我們要往哪裡去？」童胤恒看著熟悉的森林，卻似乎有點陌生。

「不知道，跑就對了！」剛剛的情況，她也沒記路啊！

高大的女人翻過了廟、跳上了祭台，伸手往裡頭扒著，扒出滿手灰與碎骨，豆大的淚水不住的滴落在白骨上。

「剎剎剎……剎剎……」她咬著牙，淚水瞬間潰堤，「剎……啊……啊——

啊啊啊啊吧——」

令人撕心裂肺的悲鳴聲傳來，讓在林間奔跑的兩人雙雙止了步。

童胤恒難受得皺起眉，那叫聲聽來令人心臟一緊，連他都覺得悲傷啊！

「她在哭……」汪聿芃嘆了口氣，「不再是剁剁剁了嗎？」

「聽了令人不捨……那我寧願她只會剁剁剁，也不要因知道眞相而痛苦。」

童胤恒深深覺得，有時無知便是一種福。

八尺大人將臉埋進了掌心裡，突然一震身子，又緩緩抬起頭。

還有……還有……

她瞪大眼轉頭，看向了遠處的搔動，童胤恒他們逃離的方向——還有！

啪沙！將碎骨小心翼翼的放上祭台，八尺大人旋即一躍而下，邁開大步向前追了去！

「剁剁剁！」

「啊……」童胤恒顫了身子，全身竄起雞皮疙瘩，「腳步聲，她來了——她追上來了！」

「什麼？爲什麼!?」汪聿芃倉皇回首，「我們到現在還沒跑出去啊！」

出口在哪裡啦？上次去瘦長人他家還知道是哪棵樹，但這片林裡處處是路，她只能憑印象，可印象根本不可靠，因爲剛剛八尺大人的身形龐大，根本完全遮住了她的前方啊！

汪聿芃加快腳步拽著童胤恒跑，被這麼拖著的童胤恒完全能體會到短跑冠軍的能力，他不可能跑得比她快，但是現在有人在後面追，腎上腺素還能支撐著一切！

雖然，他跑得很辛苦，幾乎是靠著汪聿芃拽拖著！

終於，到了腳步聲與長裙掠過葉子的聲音，連汪聿芃都聽得見的距離，她回首看著騷動在後，越來越近了……可惡！腿長了不起喔！

「不許回頭！你記住，絕對不能回頭！」汪聿芃正首喊著，「你只要看著我就好了！」

只要看著她就好了！童胤恒明白，就算不幸被逮到，他第一時間就要閉上雙眼，絕對不能戀上八尺大人！

否則，他就會變成小武那副痴笑模樣，心臟一個窟窿的躺在烏鴉花谷下……不是，爲什麼小武會沒有心臟？八尺大人挖的嗎？

童胤恒變慢了，體力還是有極限……汪聿芃手上的力量卻加重，死死握拖童胤恒，如果只有她一個人，她絕對有自信跑得贏八尺大人，但她現在還帶著童胤

恒啊！

再沒有出口或地方躲藏，他們早晚是八尺大人的囊中物……他們該去哪裡，到底該怎麼辦啊啊啊——

嗚——嗚——一陣低鳴的喇叭聲，突然劃破了這死寂月光下的寧靜。

咦？連童胤恒也都狠狠倒抽一口氣，這個聲音……

遠處傳來了不該出現在這裡的低鳴聲，低沉的喇叭汪聿芃再熟悉不過，接著在他們左側斜前方的漆黑中，亮起了不該有的一整排燈光，伴隨著轟隆轟隆的聲響。

火車來了。

汪聿芃說不出話，腦袋一片空白，腳步甚至因此緩下，還是童胤恒使勁推了她一把。

「不能慢！」他大吼著，因爲火車的聲音越來越大，「我們要追上那台火車！」

沙沙身後足音逼近，汪聿芃驚恐回首，她已經看見八尺大人的身影了！

「剝剝剝……剝剝剝！」

「走！」咬緊牙關，她使勁拉著童胤恒就往前狂奔，不必回頭都能聽見八尺大人就在身後不到幾公尺之處，與童胤恒卯足了勁全力衝刺！

人在逃命之餘總會大爆發，童胤恒竟能與汪聿芃並肩，就差一個肩膀的距離，火車車頭從眼前掠過時，他們竟唰地衝出了森林！

「剎剎剎！」八尺大人的聲音變成尖銳，尖叫中飽含著怒不可遏的怒火濤天！

眼前已經沒有森林，而是一大片漆黑的原野，至少在他們面前的是軌道與一台燈火通明的列車！

「那邊！」童胤恒推著汪聿芃順著火車的方向跑！

汪聿芃立即回首張望，終於在末段的車廂外，看見了熟悉的身影。

穿著整齊的列車長，就站在末節車箱的門邊，朝他們伸長了手！

學長！

「握緊我！」汪聿芃尖吼著，反手握得童胤恒更緊，他用力的點頭，這種時候他死也不會放開！

「剎剎剎！」

八尺大人來到身後了，她長手一撈，對準的是童胤恒。

同一時刻，汪聿芃跳向了列車長，列車長一手拉著欄杆，將身子探到最遠，

啪地握住了她的手！

「學長！」

唰——童胤恒清楚的感受到，修長手指從他耳邊擦過，眼尾餘光甚至看見了八尺大人那白色蕾絲的袖口在飄揚。

但她始終沒有抓到他。

磅！列車長輕而易舉的將汪聿芃等人拉撞上列車旁，車廂外有個ㄇ字型欄杆可以抓握，他們兩個在千鈞一髮之際緊握住了欄杆，只是雙腳都沒有踏足之地，全仰賴臂力在火車外掛著、飄著。

童胤恒低首看去，就能看見自己的腳就在輪子附近，只要一鬆手，他就只有摔下去、或被捲進車底的下場。

所以他只能專心的望著自己的手，不敢張望。

汪聿芃向左方遠處看去，她看見雪白的修長身影在遠方看著他們，八尺大人並沒有追過來，只是站在那兒，發出痛徹心扉的尖叫聲，傳遍了整個黑暗大地。

『啊啊啊——啊啊啊——』

淚水從汪聿芃眼裡滑落，是個任誰聽到都心碎的哭喊，八尺大人的心有多痛，這夜這片原野的人或許都知道。

她略移視線，看向左側悠哉倚在車門邊的列車長，一樣的清秀外貌鑲著笑容，笑靨一樣的軟萌可愛，但不知道爲什麼，她覺得好像眼神有些不同了。

童胤恒盡可能朝右看去，不敢向左，往列車前進的方向望著——唰唰！驀地林葉驚動，有個人也衝出森林，童胤恒瞬間留意到那不符比例的身形即刻就閉上了眼，正首瞪著車廂！

「嗨！」列車長勾著微笑，朝向下方的人打了招呼。

列車飛快的掠過瘦長人身邊，汪聿芃急忙回首望去，果眞是啊……同一個月亮下，同一片森林，瘦長人並沒有在意這台急駛而過的火車，而是遠遠的看向了八尺大人的方向。

感受到火車向右彎去，視線角度應該再也看不見八尺大人或是瘦長人了，死命抓著欄杆的童胤恒這才敢看向列車長，激動得無法言語，「學長？夏天……學長？」

「你知道我不能讓你們上車，如月列車只上不下，保你們這幾秒都要付出代價的。」列車長露出有點可愛的笑容，雙眸卻陰鷙得讓汪聿芃打了個寒顫，「要放你們下去了喔！」

「學長？」汪聿芃吃驚的回頭看著四周的荒煙蔓草，「這裡？好人不能做到底嗎？」

「哎呀，列車長查票囉！不符合規定的人——」可愛的列車長堆滿了笑容。

但他的眼神沒有笑意，舉起的右手啪的彈指！

啪！

電光石火間，汪聿芃與童胤恒緊握著的欄杆瞬間斷裂，他們連反應都來不及，直接被慣性拋出去了！

「哇啊啊——哇……」

嗚——嗚，火車的鳴笛聲再度傳來，列車極高速的行駛而過，幾乎在眨眼間就消失在黑暗之中。

兩個學生摔出了鐵軌之外，一路向下滾去，他們好像身處在一個沒有盡頭的陡坡，滾動未曾停止，滾動到全身骨頭都要拆了，才終於停下。

童胤恒是撞上汪聿芃才停下的，全身痛到連哀鳴都叫不出來。

「汪……」

沙沙……刺痛再度襲來，童胤恒聽見了腳步聲，飛快的緊緊擁住了汪聿芃。

「噓！」

有都市傳說接近了……是瘦長人嗎？拜託別是八尺大人！

汪聿芃全身劇烈的顫抖，她睜亮一雙恐懼的眼，他們根本不知道自己在哪裡，四周一片漆黑，那死寂的月光照不到這裡，僅有殘存餘光，但他們可以看見四周的長草，他們像是在草叢裡，旁邊有什麼不得而知也不想知道！

唔……聲音越近，童胤恒越疼，抱著汪聿芃的力道便更緊些。

汪聿芃看見人影閃過，她緊閉起雙眼，埋進了童胤恒懷裡，緊緊揪著他的衣服。

不怕，怕也沒有用。

就算這是人生的最後一刻，至少他們在一起。

在一起。

叭──

童胤恒顫了一下身子，他幾乎是被嚇醒的，跳開眼皮的瞬間冷汗冒出，兩眼發直的看著眼前的景物，有幾秒的迷惘。

眼前長草密密，全身有點麻木僵硬，略微動了一動，才感受到他懷裡抱著一個人。

咻——又一陣車聲呼嘯而過，連帶著懷裡的女孩也發顫，瞬間驚醒。

「喝！」汪聿芃緊張的想坐起，卻因爲全身僵硬，才挪動一下就疼得又癱回。

「別……我也麻掉了。」童胤恒用氣音說著，全身都又麻又痛。

「唔……」汪聿芃吃力的咬牙轉向正面，好痛！她全身痛，臉也痛，到處都……「我們在哪裡？」

童胤恒好不容易才轉了正面，看見有點灰濛的天，老實說，他也不知道。

闔上眼等身體的知覺恢復，順便專心聆聽……好吵，除了車聲呼嘯外，就是一堆不耐煩的喇叭聲此起彼落。

這聲音眞的很吵，但現在聽起來卻珍貴得令人想叫好。

「我記得八尺大人或瘦長人住的地方不可能有這麼多車子吧！」童胤恒吃力的撐起身子，他們所在的草叢中，草只怕有一公尺高，坐起來的童胤恒都還是沒在長草間呢！

瞇起眼從綠草縫裡往外瞧，看見的果然是正港的車子。

天亮了，他們也才發現身子涼颼颼的，查看手上的錶，已經上午九點，他們居然在野外睡了一夜。

「學長也太狠了……」在童胤恒的攙扶下，汪聿芃終於坐了起來，「一定要這樣把我們摔出車子外嗎？」

「啊……對啊……」童胤恒突然泛起一抹興奮的笑，「如月列車耶！」

汪聿芃挑了眉，「喂，你掛在外面不算，我才是真的有上列車的人喔！」

「欸，沒有這樣的吧，我也算有了，我還看見學長了耶！」

「不能算啦……唔！」激動想喊些什麼的她，卻疼得皺眉。

童胤恒趕緊安撫她，天色亮他也才看見滿臉是血的汪聿芃，她的口鼻滿滿都是乾涸的血跡，而且上唇外翻裂開，鼻骨很明顯的歪了一邊，看來是斷了。

「謝謝妳。」童胤恒看著瘦小的女孩，二話不說就緊擁入懷，「謝謝妳！」

汪聿芃被突如其來的擁抱嚇了一跳，但沒有掙扎……好溫暖啊，她逕自泛起傻笑的窩著，想賴在這懷抱裡。

「幸好你眼裡只有我。」她眞慶幸，童胤恒沒有迷戀上八尺大人。

「謝謝妳救我，還爲了我冒險。」童胤恒是眞的銘感五內。

「好了，今天就算是康晉翊我也會這麼做……」她無奈笑笑，「但應該不會這麼盡心啦！」

「喂！」童胤恒笑了起來，卻牽動了摔疼的骨頭們，「唉唉。」

兩個人相視而笑，又不敢笑得太用力，天曉得全身多少傷？

確定在正常的世界中也不擔憂，又休息了一會兒後，才相互扶持著站起身，打算離開這裡。

雙雙站在草叢中，長草幾乎過腰，不遠處就是馬路，只是主要幹道不在他們這兒，而是在約兩點鐘方向的十字大路。

「社長他們一定急死了，我們快點聯絡他們吧！」童胤恒拿出手機，慶幸沒有損害，昨夜他們全部靜音開飛航，以防被八尺大人發現，「這裡是哪裡呢？我開定位查查。」

才點開連線，訊息果然如雪片般飛來，童胤恒鬆了口氣，靜靜的先等訊息全接收了再說。

身邊的汪聿芃突然往前跨了一步，拐著腳往前走去，朝左方望去，再眺向右方，突地冷冷一笑。

「哼。」

嗯？童胤恒見著她的詭異行動，「怎麼了嗎？在看什麼？」

「不必了，我知道我們在哪裡了。」汪聿芃眼眸低沉，看著那十字路口上的路牌。

「……哪裡？」聽出她聲音的低沉，童胤恒也嚴肅起來。

汪聿芃回首看著他，終於抽了嘴角，一抹皮笑肉不笑。

「W鎮。」

她的老家。

後記

倒數第二集！

是的，再次非常明確的告訴各位，這本是都市傳說第二部的倒數第二集囉！都市傳說系列最後一集即將來到，此後全系列正式結束。

未來會不會有單獨的短篇不一定，因為兩部二十四集的都市傳說把重要傳說差不多都寫完了，剩下的都是同質性的；如果以角色出番外，機會倒是比較大，就說些怪談或趣事吧！

新系列其實我已經計畫好囉，與都市傳說完～全～沒有關係，但是會是同個宇宙觀，說不定有空的話，會有人出來跑龍套……雖然我個人覺得有點難，因為性質差蠻多的。

在瘦長人後寫八尺大人是個美麗的意外，其實一開始這兩個傳說我只想寫一個，因兩者太類似，怎麼想都覺得八尺大人只是延伸篇罷了；但因為第二部後期可以寫的都市傳說不多，我都是開稿前才會決定寫哪個都市傳說，實在是想不到

的情況下，隨口跟編輯說不然寫八尺大人吧？

編輯就開始去著手封面事宜，等到我要開稿前，才意識到——啊咧，瘦長人是上一集（遠

箭在弦上，所以我必須努力的讓他們兩者有差別，在原來八尺大人的傳說中像個完整的短篇故事，其實提供了不少可依據的特點，像是她會在白天光明正大路跑……或是說追逐，還有人高馬大只會剝剝剝，特別喜歡男生，稱得上是非常招搖的都市傳說。

用這些特點去組合，然後又想到好幾集沒正妹了，加上傳聞中看到八尺大人會被迷惑，那我們應該要給她一個很正的外貌，對比瘦長人來說，我們八尺眞的正翻了。

寫著寫著又發展出白紫姑娘的故事，也是始料未及；我總覺得我像是個代筆，寫作時不需想太多，因爲故事會告訴我他們想要的走向，角色會表達他的個性，然後告訴我他們的故事，我只要順著寫下去就行了，所以白紫便告訴她的過往，由我書寫下來。

關於白紫的過去、她與瘦長人共享那死寂的月光，同樣詭異的森林。

看完《八尺大人》後有些地方可能會有疑惑，覺得沒說清楚，我在這裡先說

明，「不是每件事都有答案」；都市傳說本身就是個謎，所以很多東西永遠只能猜，不會有標準答案。

本書亦沒有尾聲，不是漏寫，不要懷疑，因爲它不需要尾聲。

武祈山下的傳說未止，汪聿芃也終於回到了她的老家，W鎮，最後一個都市傳說，會在W鎮展開。

至於是什麼呢?出版前賣個關子，讓大家猜猜，也是個赫赫有名的都市傳說喔!

在這裡也要感謝大家的實質支持，讓我再一次成爲博客來年度十大作家第二名，保障了2020的工作，表示我可以繼續寫下去。

我每年都說書市差，不是無病呻吟，事實上眞的一年比一年慘，去年已經到了永凍層，所以你們購買的每一本書，都是保障我能繼續出版的關鍵契機。

你們都是我的天使，但凡有人問我書市這麼淒慘，我是怎麼能支撐到現在，我都能很自傲的說：因爲我有天使護體。

最後，萬分感謝購買這本書的您，購書才是對作者最直接的支持，書本有銷售、出版社得以生存、作者也才能有飯吃，因此能繼續寫下去，所以謝謝您讓我能繼續書寫天馬行空的故事。

二月八號國際書展有《八尺大人》新書發表暨簽書會，有空的人可以來看看，十八歲以下免費入場喔！詳情請上笭菁粉絲團或奇幻基地臉書！

笭菁　萬謝

國家圖書館出版品預行編目資料

都市傳說 第二部 11：八尺大人 / 笭菁著 .-- 初版 .--
台北市：奇幻基地出版；家庭傳媒城邦分公司
發行；2020.1（民 109.1）
面：公分 . --（境外之城：104）
ISBN 978-986-97944-9-7（平裝）

863.57　　108022190

ISBN 978-986-97944-9-7

Printed in Taiwan.

※ 本故事內容純屬虛構，如有雷同，純屬巧合。

城邦讀書花園
www.cite.com.tw

境外之城 **104**

都市傳說 第二部 11：八尺大人

作　　者 / 笭菁
企畫選書人 / 張世國
責任編輯 / 張世國
發 行 人 / 何飛鵬
副總編輯 / 王雪莉
業務經理 / 李振東
行銷企劃 / 陳姿億
資深版權專員 / 許儀盈
版權行政暨數位業務專員 / 陳玉鈴
法律顧問 / 元禾法律事務所　王子文律師
出版 / 奇幻基地出版
城邦文化事業股份有限公司
台北市 115 南港區昆陽街 16 號 4 樓
電話：(02)25007008　傳眞：(02)25027676
網址：www.ffoundation.com.tw
e-mail：ffoundation@cite.com.tw
發行 / 英屬蓋曼群島商家庭傳媒股份有限公司城邦分公司
台北市 115 南港區昆陽街 16 號 8 樓
書虫客服服務專線：(02)25007718．(02)25007719
24 小時傳眞服務：(02)25170999．(02)25001991
服務時間：週一至週五09:30-12:00．13:30-17:00
郵撥帳號：19863813　戶名：書虫股份有限公司
讀者服務信箱 E-mail：service@readingclub.com.tw
歡迎光臨城邦讀書花園 網址：www.cite.com.tw
香港發行所 / 城邦（香港）出版集團有限公司
香港灣仔駱克道 193 號東超商業中心 1 樓
電話：(852) 2508-6231 傳眞：(852) 2578-9337
馬新發行所 / 城邦（馬新）出版集團
【Cite(M)Sdn. Bhd.(458372U)】
11, Jalan 30D/146, Desa Tasik,
Sungai Besi, 57000 Kuala Lumpur, Malaysia.
電話：(603) 90578822　傳眞：(603) 90576622

封面內頁插畫 / 豆花
封面設計 / 邱宇陞視覺工作室
排　　版 / 極翔企業有限公司
印　　刷 / 高典印刷有限公司
■2020 年（民 109）1月30日初版一刷
■2024 年（民 113）8月13日初版12刷

售價 / 300元

廣　告　回　函
北區郵政管理登記證
台北廣字第000791號
郵資已付，免貼郵票

104台北市民生東路二段141號11樓

英屬蓋曼群島商家庭傳媒股份有限公司城邦分公司 收

請沿虛線對摺，謝謝

每個人都有一本奇幻文學的啓蒙書

奇幻基地官網：http://www.ffoundation.com.tw
奇幻基地粉絲團：http://www.facebook.com/ffoundation

書號：**1HO104**　　書名：都市傳說　第二部11：八尺大人

請於此處用膠水黏貼

讀者回函卡

謝謝您購買我們出版的書籍！請費心填寫此回函卡，我們將不定期寄上城邦集團最新的出版訊息。

姓名：________________　　性別：☐男　☐女

生日：西元________年________月________日

地址：________________

聯絡電話：________________傳真：________________

E-mail：________________

學歷：☐1.小學　☐2.國中　☐3.高中　☐4.大專　☐5.研究所以上

職業：☐1.學生　☐2.軍公教　☐3.服務　☐4.金融　☐5.製造　☐6.資訊

☐7.傳播　☐8.自由業　☐9.農漁牧　☐10.家管　☐11.退休

☐12.其他________________

您從何種方式得知本書消息？

☐1.書店　☐2.網路　☐3.報紙　☐4.雜誌　☐5.廣播　☐6.電視

☐7.親友推薦　☐8.其他________________

您通常以何種方式購書？

☐1.書店　☐2.網路　☐3.傳真訂購　☐4.郵局劃撥　☐5.其他

您購買本書的原因是（單選）

☐1.封面吸引人　☐2.內容豐富　☐3.價格合理

您喜歡以下哪一種類型的書籍？（可複選）

☐1.科幻　☐2.魔法奇幻　☐3.恐怖　☐4.偵探推理

☐5.實用類型工具書籍

對我們的建議：________________

____

____

請於此處用膠水黏貼